小寓言大启发

XIAOYUYAN
DAQIFA

BENCONGSHU
BIANWEIHUI BIAN

本丛书编委会◎编

世界图书出版公司

广州·北京·上海·西安

图书在版编目（CIP）数据

小寓言大启发／《青少年必读丛书》编委会编．—广州：
广东世界图书出版公司，2009.10（2024.2 重印）
（青少年必读丛书）
ISBN 978－7－5100－1076－7

Ⅰ．小… Ⅱ．青… Ⅲ．寓言—作品集—世界 Ⅳ．I17

中国版本图书馆 CIP 数据核字（2009）第 169546 号

书　　名	小寓言大启发	
	XIAOYUYAN DAQIFA	
编　　者	《青少年必读丛书》编委会	
责任编辑	张梦婕	
装帧设计	三棵树设计工作组	
出版发行	世界图书出版有限公司　世界图书出版广东有限公司	
地　　址	广州市海珠区新港西路大江冲 25 号	
邮　　编	510300	
电　　话	020-84452179	
网　　址	http://www.gdst.com.cn	
邮　　箱	wpc_gdst@163.com	
经　　销	新华书店	
印　　刷	唐山富达印务有限公司	
开　　本	787mm×1092mm　1/16	
印　　张	13	
字　　数	160 千字	
版　　次	2009 年 10 月第 1 版　2024 年 2 月第 10 次印刷	
国际书号	ISBN　978-7-5100-1076-7	
定　　价	49.80 元	

前 言

　　宁静的夜晚，月亮偷偷爬上树梢。昏黄的灯光下，伴着妈妈的柔声细语，一个个神奇的故事悄悄绽放在孩子们的耳边："刻舟求剑"、"掩耳盗铃"、"守株待兔"，你也许在说，这不是成语故事吗？是的，它们是成语故事，但也是寓言故事。成语故事大多数也是寓言故事。那么什么是"寓言"呢？

　　寓言是文学作品的一种体裁，以比喻性的故事寄寓意味深长的道理，给人以启示。寓言早在我国春秋战国时代就已经盛行，是民间口头创作。

　　民间寓言极为丰富，一般比较短小。除汉族外，还有各少数民族寓言。各族人民创作的寓言，多以动物为主人公，利用它们的活动及相互关系投进一种教训或喻意，达到讽喻的目的。反映了劳动人民健康、朴实的思想，闪耀着人民无穷的智慧和高尚的道德光芒。

对于每个孩子来说，枕着优美的故事入眠，是童年最幸福的回忆。对于每个家长来说，能送给孩子一段温馨幸福的睡前时光，则是他们最美的心愿。为此，我们特别编写了这本《小寓言大启发》。本书精选了不同时期、不同国度的优美寓言故事，呈现在孩子们面前。

在每个故事的末尾，我们还配以"小寓言大启发"，揭示出故事蕴涵的哲理，使我们的孩子在阅读、聆听的过程中学习做人的道理。

亲爱的少年朋友们，让我们多读些寓言吧。它会让我们懂得更多闪光的哲理、丰富我们更多缤纷的想象，从而使我们更加积极进取、健康向上。

目 录

Contents

Contents

Contents

可怜的斑鸠

在森林里,生活着两只快乐的斑鸠,它们两个十分要好,一个在什么地方,另一个也会在什么地方。它们俩无忧无虑地生活在一起,互相依靠,互相体贴,十分幸福,从来没有寂寞忧愁的时候。

然而有一天,它们这种形影不离的生活被打破了,其中一只忽然想要远走高飞,到外面的世界去闯荡,它想要像雄鹰一样飞遍天下。

有这种想法当然是好的,但是这只小斑鸠太小了,它还没有想到自己可能遇见的种种困难,更没有想过自己是否能够克服这些困难。

另一只斑鸠听说伙伴要走,便伤心地哭起来,边哭边说道:"你为什么要走,为什么要离开我,难道你真的要抛弃你最亲密的伴侣吗?你想过你会遇到的风险吗?可怕的鸷鸟、可怕的暴风雨,还有猎人、陷阱等等,万一你回不来怎么办?你还是留在家里吧,我们两个互相陪伴在一起,生活是多么快乐。另外,你要想,你走了以后,我的生活也会变得十分凄凉的,天啊,我夜夜都会梦见那些可怕的东西,我会担惊受怕,担心你是死是活,担心你是不是挨饿,担心你是不是淋雨……"

听到这些话,小斑鸠并没有感动,倒是有些烦躁。它心里虽然可怜剩下的这只小斑鸠，但又非常不愿留下来，它的全部心思都在外面，什么艰难险阻，它根本没想那么多。看伙伴这么伤心，于是就安慰它说："别哭了，我的好伙伴，我出去也就是三天，就三天，决不会延期。我出去的时候你一定要照顾好自己，我如果遇到困难就立即回来，这样还不行吗?回来后我会把我经历的一切，看到的一切都讲给你听，好吗?"

就这样，两只小斑鸠互相道了一声"再见"，于是就依依不舍地分别了。

这只自以为是的小斑鸠飞啊飞啊，一下子飞出了好远，果不出所料，暴风雨猛烈地向它袭来，狂风无情地吹着它，小斑鸠光顾飞，没想到身下已是茫茫的大海，这回真不知该飞向哪里才好。幸好前方小岛上有一棵小树，它在那里落了脚。暴风雨下个不停，小斑鸠真的成了落汤鸡，冻得直打颤。

雨停了，小斑鸠抖抖湿淋淋的翅膀又出发了，它飞到了一块麦田，它简直饿死了，终于可以饱餐一顿了!想到这里，它一下子冲了下去。不好!真是倒霉，小家伙冲进了一个罗网。小斑鸠左扭右扭，使劲地挣扎，还好，这是一张破网，它终于从网眼里钻了出来。虽然受了点轻伤，但性命还是保住了。

祸不单行。这时候，一只鹰俯冲下来，冲着小斑鸠扑过来。小家伙想飞，想逃过这一难，然而现在它的体力已经耗尽，怎么也飞不起来了。它眼睁睁地看着老鹰的爪子向它瘦弱的身体抓过来。它想，一切全完了，索性闭上了眼睛。

在这千钧一发之际，从天上飞来一只猛鸷，向鹰发起了猛烈的攻击，鹰终于没有战胜猛鸷，成了猛鸷口中的食物。

小斑鸠可怜地趴在地上，痛心极了。但是即使到了这个地步，还是有人不愿意放过它。一个不懂得怜悯的孩子拿起一片砖头打在了它的头上,小斑鸠的头被打破了,鲜血流了出来。

小斑鸠终于打定了主意,它要趁着新的灾难还没有到来之前爬回家去。它坚信自己回到家会得到幸福,因为家里有友谊在等着它,有了朋友,它可以战胜困难,从而走向新的生活。

大启发:小斑鸠一心想到外面闯荡,但最终还是承受不了巨大的磨难,失败而归。这则寓言告诉我们,急急忙忙地到远方去寻找幸福有可能是徒劳的,因为幸福可能就在身边,最幸福的地方常常就是亲人和忠诚的朋友所在的地方。如果想到外面的世界闯荡,首先必须了解外面的环境,盲目出发最终只会摔得鼻青脸肿。

愚公移山

太行山和王屋山,方圆七百里,高达七八千丈,它们原来坐落在冀州以南,河阳以北。山的北面住着一个叫愚公的老人,已经快90岁了,他的家面对着高山。苦于大山的阻塞,他们每次出入都必须绕很远的路才行。愚公把全家召集在一起商量,他说:"我打算和你们一起用尽一切力量来铲除这两座险恶的高山,让我们可以直通豫南,一直到汉水的南岸。你们说可以吗?"大家都纷纷表示赞同。他的老伴可有点怀疑,说:"就凭你这点力气,恐怕连魁父这样的小山丘也不能铲平,对太行、王屋这样的大山又有什么办法呢?再说,即使动工,石头和泥土往哪儿放呢?"大伙说:"把它扔到渤海的后面,隐土的北边。"

于是愚公就率领着自己的儿孙,三个人挑着担子,开始敲打石头,挖掘泥土,用畚箕把它们运到渤海的后面。他的邻居京城氏的寡妇,有一个孤儿,刚换奶牙,也蹦蹦跳跳地来帮忙。夏去冬来,经过一年,他们才往返了一次。

黄河的岸边住着一个叫智叟的老人,用讥笑的口气来阻止愚公,说:"你真是太傻了,就凭你这年老体衰的力气,恐怕连山上的一棵小树也毁不掉,对这么多的石头和泥土又能怎么样呢?"愚公深深地叹了口气说:"你太固陋了,固陋得简直是难以置信,你还不如寡妇孤儿呢。我死了以后，还有我儿子在；儿子又生孙子，孙子又生儿子；儿子又有儿子，儿子又有孙子……子子孙孙是不会穷尽的，而这两座山却不会再增高了，你还担心挖不平这两座山吗？"智叟张口结舌，无言答对。

　　山神听到愚公要世世代代平山的消息，便禀告了玉帝。玉帝被愚公这种坚强的意志感动了，就命令夸蛾氏的两个儿子背起这两座大山，一座挪至朔东，一座挪至雍南。从此以后，冀州的南部，直到汉水的南边，再也没有高山阻碍了。

　　大启发：这个寓言故事告诉我们要想成就一番事业，就应像愚公那样要有必胜的信念，有顽强的毅力，不惧艰难险阻，坚持不懈地干下去，不达目的誓不罢休。

胆 小 鬼

在一个叫布里尔斯的村庄里，有一个胆小而贪财的人，名叫吉列姆，爱占小便宜，却又担不起大事。

有一天，吉列姆上山砍柴，他看到太阳偏西了，就背起砍到的一担柴往村子走去。吉列姆心想，要是在路上能捡到点什么，也不算白来一趟。于是，一路上，他就边走边东张西望，盼着能找到一些值钱的东西。

可是崎岖的山路上能有什么可捡的东西？吉列姆的脖子都累酸了，也没发现一样值得他拿的。他很懊恼，对这次出来砍柴的收获很不满意。

到了山脚下，吉列姆已经不再抱什么希望了，他挺直了身子，稍微整理了一下背上的那担柴，大步向自己家走去。走着走着，突然，吉列姆被一个东西绊了一下，摔了一个大跟头。他爬起来一看，只见一只闪闪发光的金狮子横在路的中央，他高兴极了，连忙把柴放下，仔细地观察起这只金狮子。

吉列姆伸出手想要把金狮子拿起来，可是，刚伸到一半，他又把手缩了回来。他想："这宽宽的大路中间怎么会平白无故地放着一只金狮子呢？是不是谁有意搁在这来戏弄我？"想到这儿，吉列姆向四下里望了望，一个人影也没有。

他又绕着金狮子转了两圈,蹲在那里,直瞪瞪地盯着它,自言自语地说:"不知这件事会把我弄成什么样子,我心里乱得很,怎么办才好呢?我既爱财,又胆小,这是什么样的运气?"

说到这,吉列姆站起身来,来回走了几步,接着又说:"是哪位神仙造出了这只金狮子?这件事可让我心里起了冲突。我既爱金子,又怕金子制成的野兽;欲望叫我去拿它,性格又叫我躲着它;运气把它给了我,可又不让我拿到手。这宝贝毫无乐趣可言!"

吉列姆一屁股坐在他的那担柴上,望着金狮子发呆,他感叹道:"啊,这是众神的恩惠,可又不是恩惠!"他转动脑筋,想着:"这是怎么回事呢?现在怎么办呢?想个什么法子呢?"

最后,他毅然地站了起来,坚定地说:"我回去把家里人带来,他们人多,联合起来捉拿它,我呢,就远远地观看吧。"

吉列姆背起那担柴,一路小跑奔回了家。等到他把家里的男女老少都找来时,金狮子早已不在了。

大启发:这个故事是说,要把握机遇。有些人总爱抱怨上苍不公平,其实机会往往是自己创造的,一味地等待机会,机会来了却又不善于抓住的人,最后什么也得不到。

好恶作剧的人

有一个人自以为是,常常开一些戏弄人的、使人难堪的玩笑,知道他的人都很提防他。

他这个人很古怪,很像·天不搞恶作剧就全身不舒服,就显示不出来他的"聪明才智"。所以,熟人们不理他,他就来到集市上,同一个卖山梨的陌生人打赌说:

"哎,陌生的生意人! 你们都特别崇尚德尔斐的神示,以为它是千真万确的真理,其实你们太蠢了! 那全是假的,一点也不可信! "

卖梨人听了,吓了一跳,悄声说:

"喂,你且不可胡言乱语,不然会惹天神发怒的! "

这个自以为是的人不服气,吵着说:

"不信? 我可以证明给你看! 如果德尔斐的神示果然是假的,你这筐山梨就属于我的了。"

梨是从山上摘来的,卖梨人并不在意;他想看看这个说大话的人究竟怎样证实自己的话,就同意跟他打赌,并且约定了日期。

在科林斯海湾北岸有一座德尔斐阿波罗神庙。相传,不论谁有什么疑难问题,只要向德尔斐神请教,它都能给你准确无误的答案,这就是"德尔斐的神示"。

到了约定的日期,卖梨人和那个好恶作剧的人一同来到了德尔斐神庙。好恶作剧的人手里攥着一只小麻雀，藏在衣襟底下，走到神的前面问道：

"神啊，人人都说你无比圣明，无所不知。那么，你能说出我手中拿着的东西是活的还是死的？"

为了赢得一筐山梨，为了向众人炫耀他的所谓"聪明"，他心里已经有了一个坏主意：如果"神示"说他拿的东西是死的，他就亮出活的麻雀来；如果"神示"说那东西是活的，他就把麻雀捏死了再拿出来。这样，他就可以证明德尔斐神示是假的了。

德尔斐神看穿了他的诡计，大殿中传出了轰轰作响的声音：

"喂，自以为是的朋友，收起你的'聪明'吧！你手中的东西，是死是活，全在你。"

卖梨人听了，走上前揭开他的衣襟，明白了一切。这个一向好搞恶作剧的人，在众人的嘘声中灰溜溜地跑了。

大启发：这个故事表面上告诉我们：神是不可亵渎的，其深意就在于：真理是不容冒犯的。

小猫的尴尬

　　小猫今天高兴极了。它在村东的小河里钓到了一条足有半斤重的大红鲤鱼。半斤重的鱼虽说算不上什么，但这可是它有生以来钓到的最大的一条鱼。回家的路上，兴奋不已的小猫决定晚上请自己的好朋友都来分享它收获的喜悦。

　　走到村口，它正好碰到了兔子，就冲它扬扬手中拎着的鱼说："请你告诉小伙伴们，晚上都到我家，我请大伙儿喝鱼汤。"

　　"好的!"兔子答应一声，便似一团雪球弹射了出去。小猫笑眯眯地摇摇头，赶紧回家准备去了。

　　且说兔子蹦蹦跳跳地来到场院，对正在梳理着羽毛的鸡道："小猫今天钓到一条10斤重的大鲤鱼，晚上请我们都去尝尝鲜哩!"

　　"真的?!"

　　"我亲眼看到、亲耳听到，还能有假!"

　　"那我得马上通知鸭。"鸡说。

　　它连飞带跑地赶到池塘边，对正在水中撅着尾巴摸螺蛳的鸭说："小猫今天钓了一条50斤重的大鲤鱼。晚上请我们都去。"

　　"真的?"

　　"兔子刚才亲口告诉我的，还能有假!"

　　"那我得现在就去通知猪。"鸭说。

它趔趔趄趄地跑到树林,对正在土里拱食的猪说:"小猫今天钓了一条100斤重的大鲤鱼。晚上请全村的人都去吃鱼哩!"

"真的?!"

"鸡说兔子亲眼看到的,还能有假!"

"那我得立即回家。"

"干什么?"

"我得顺便把我家那口直径三米的大锅扛去。小猫家哪有那么大的锅来烹调那么大的鱼呢。"

鸭听了,直夸胖墩墩的小猪想得周到。

小猪告别鸭,便急匆匆朝家里赶。半道上,它又遇到了牛。于是,它兴冲冲地对牛说:"牛大哥,告诉你一个天大的好消息,小猫今天钓了一条500斤重的大鲤鱼,请全村人晚上都去它家吃鱼!"

"真的?"

"我这正准备回家替小猫扛锅呢,还能有假!"

"那我也得把我的牛槽带去,小猫家肯定没有那么大的盘子来盛那么大的鱼。"

"就是。"小猪说。它和牛相约晚上小猫家见,便各自忙去了。

到了晚间,小猪扛着大锅、牛挟着牛槽,和全村老老少少一起拥到小猫家,把小小的猫宅挤得水泄不通。

小猫一看这情形,傻了眼。但任凭它浑身上下都是嘴,也解释不清,而且越解释越复杂。

"明明钓了500斤重的鱼,硬说只有半斤。害得别人将大锅和牛槽都搬了来。"

"是呀,不想请就算了,干吗要捉弄人呢?!"

"真想不到小猫会是这种人。"

大伙儿扫兴极了,它们撇下尴尬不已的小猫,议论纷纷地散开去了。

　　小猫感到十分委屈。它觉得其中一定出了什么问题，否则，半斤重的鱼绝不会变成500斤，请几个小伙伴绝不会变成请全村人。然而，究竟出了什么问题，它也说不清。

　　后来，还是它的表弟猫头鹰帮忙解开了这个结。

　　猫头鹰说："现实生活中，总有一些热心人习惯于夸大事实，并且，三人成虎，有鼻子有眼儿，跟真的似的。他们虽然从本质上讲并无恶意，但却常常给当事人带来莫须有的麻烦和伤害。"

　　大启发：亲爱的同学们，你们有没有听说过"三人成虎"的故事呢？这个小猫的故事和"三人成虎"的故事所讲的道理是一样的，因为兔子、鸡、鸭等，他们一个接一个地夸大事实，越传越离谱，结果一条半斤重的鱼，一下子就变成了一条500斤重的大鱼了，给小猫带来了不必要的麻烦。因此，在现实生活中，我们一定要尊重事实，既不要夸大事实，也不要缩小事实，要按实际情况来传达信息，不要误导别人，否则就有可能给别人或自己造成不必要的损失。

象和蜜蜂交朋友

　　大象和蜜蜂结下了深情厚谊，这是因为它们志趣相投，都乐意为人们出力。

　　蜜蜂想用最甜的蜜招待朋友。大象每次都婉言谢绝，它说："你们辛勤劳动所得，除了自己享受，多献一些给可爱的养蜂人。他们是受之无愧的。"

　　大象在搬动着沉重的木头。蜜蜂路过见了，挤出一点儿空，在它耳边奏一支"嗡嗡"短曲，让好朋友减轻疲劳，增添力量。

　　大象和蜜蜂的友谊，被当做佳话四处流传。一只肥壮的狗熊听了，特地找到大象，责问道："你和小蜜蜂交朋友，这是真的？"

　　"我从来没有保密。"大象幽默地回答。

　　"你这么个大个子，比我还大好几倍，竟然同一丁点儿大的飞虫交朋友，实在有失体面。"狗熊激动起来，大声说，"我以一头大兽的身份奉劝你，快、快同它们一刀两断。"

　　"不可能。"大象断然说道，"我佩服蜜蜂的品格，乐意和它们交往。有这样的朋友，我不但不降低身份，反而感到光荣。"

　　狗熊说不过大象，憋了一肚子气，悻悻地走了。

　　不久以后的一个深夜，大象从梦中被附近蜂房的骚动惊醒。它赶了过去，只听蜜蜂们怒叫着："狠狠收拾这偷蜜贼！一定不要放过这下流胚子!"

在夜色中,大象看见蜜蜂们追刺着一个庞然大物。它大吼一声,奔上前,用鼻子把那家伙卷起,往远处一抛。到第二天天亮时,大伙才看清楚,陷在烂泥塘中的,正是极力反对大象和蜜蜂保持友谊的角色——狗熊!

大启发:我们都知道,小个子蜜蜂最勤劳了,大个子大象一看就知道是会真诚待人的,它们都拥有助人为乐的品格,都是好动物。大象和蜜蜂"志趣相投","结下了深情厚谊",但狗熊却在大象面前说蜜蜂的坏话。它甚至说大象和蜜蜂交朋友"有失体面",从中挑拨离间,企图破坏它们的友谊。不过,值得高兴的是,大象和我们希望的一样,没有相信它的话。后来,大家发现狗熊原来是偷蜜贼!这时候,我们都明白到底和谁交朋友才是"有失体面"了。这则寓言告诉我们一个道理:我们找朋友就应该找那些善良正直、心灵美好的人。

狗 和 厨 师

有人的地方就有狗,因为狗是人类非常亲密的朋友。

在一个小镇上,几乎每家人都养着狗,有的人家养一条,有的人家养两条,多的甚至养十几条。

这些狗为人们看家,有时也随主人到镇外的山上去打猎。当然,它们也打不到什么像样的大动物,不过是些兔子、山鸡什么的。

人们来到小镇的街上,随时都会有狗跑过来。它们在你身前身后转,这边嗅嗅,那边嗅嗅。是镇里人,它们会摇摇尾巴,然后走开。如果发现你是外地人,它们会叫上几声,退后几步,盯你一会儿,看到没有什么动静,也就没趣地跑开了。

镇子里有一家很大的餐馆,这里每天人来人往,十分热闹。特别是到了中午,就餐的人将餐馆挤得满满的。

人们为什么会对这家餐馆如此感兴趣呢?

原来餐馆里有一位十分出色的厨师。这位厨师做出的沙拉特别有味道,他烤出的面包既松软又可口。至于他烤出来的乳猪、做出的牛排那可就更有名了。

有人光顾的地方,自然也就少不了狗。狗不仅跟着主人到餐馆来,习惯了,它们自己也来。一来是走惯了,二来也是抵抗不住那些美味的诱惑。因为餐馆总有些剩饭菜要处理,这就为狗们带来了好口福。

有一天，一只狗在厨房外没有吃饱，便悄悄地溜进了厨房。它趁厨师在灶上正忙着，看到案板上有一颗等着烹制的猪心，便偷偷地将它衔走了。

厨师此时一回头，看到一只狗从厨房逃了出去，他一边追狗，一边说道：

"畜生，无论你到哪里，我都会提防着你。你不是从我这里偷走了一个心，而是给了我一个心。"

大启发：这个故事是告诉我们"吃一堑，长一智"的道理。

狮子、狐狸与鹿

　　狮子生了病,睡在山洞里。他对一直与他亲密要好的狐狸说道:"你若要我健康,使我能活下去,就请你用花言巧语把森林中最大的鹿骗到这里来,我很想吃他的血和心脏。"

　　狐狸走到树林里,看见树林里欢蹦乱跳的大鹿,便向他问好,并说道:"我告诉你一个喜讯。你知道,国王狮子是我的邻居,他病得很厉害,快要死了。他正在考虑,森林中谁能继承他的王位。他说野猪愚蠢无知,熊懒惰无能,豹子暴躁凶恶,老虎骄傲自大,只有大鹿才最适合当国王,鹿的身材魁梧,年轻力壮,他的角使蛇惧怕。我何必这么啰嗦呢?你一定会成为国王。这消息是我第一个告诉你的,你将怎样回报我呢?如果你信任我的话,我劝你快去为他送终。"

　　经狐狸这么一说,鹿给搞糊涂了,便走进了山洞里,丝毫没有想会发生什么别的事情。狮子猛然朝鹿扑过来,用爪子撕下了他的耳朵,鹿拼命地逃回树林里去了。狐狸辛辛苦苦白忙一场,他两手一拍,表示毫无办法了。狮子忍着饿,叹惜起来,十分懊丧。狮子请求狐狸再想想办法,用诡计把鹿再骗来。狐狸说:"你吩咐我的事太难办了,但我仍尽力去帮你办。"于是,他像猎狗似的到处嗅,寻找鹿的足迹,心里不断盘算着坏主意。狐狸问牧人们是否见到一只带血的鹿,他们告诉他鹿在树林里。

这时,鹿正在树林里休息,狐狸毫不羞耻地来到他的面前。鹿一见狐狸,气得毛都竖了起来,说:"坏东西,你休想再来骗我了!你再靠近,我就不让你活了。你去欺骗那些没经验的人,叫他们做国王。"狐狸说:"你怎么这样胆小怕事?你难道怀疑我,怀疑你的朋友吗?狮子抓住你的耳朵,只是垂死的他想要告诉你一点关于王位的忠告与指示罢了。你却连那衰弱无力的手抓一抓都受不住。现在狮子对你非常生气,要将王位传给狼。那可是一个坏国王呀!快走吧,不要害怕。我向你起誓,狮子决不会害你。我将来也专伺候你。"狐狸再一次欺骗了可怜的鹿,并说服了他。

鹿刚一进洞,就被狮子抓住饱餐了一顿,并把他所有的骨头,脑髓和肚肠都吃光了。狐狸站在一旁看着,鹿的心脏掉下来时,他偷偷地拿过来,把它当作自己辛苦的酬劳吃了。狮子吃完后,仍在寻找鹿的那颗心。狐狸远远地站着说:"鹿真是没有心,你不要再找了。他两次走到狮子家里,把自己送给狮子吃,怎么还会有心呢!"

大启发:这故事是说,有些人图虚荣,不辨真伪,给自己招来灭顶之灾。

猴子种栗子

猴妈妈觉得三个孩子长大了，这年年初，它把家里那片栗树均分给三个孩子，让它们自己培育，独立生活。

猴子三兄弟个个身强力壮，分居后它们天天在果园里除草、治虫、浇水、施肥，栗树长势喜人，硕果累累。

栗子成熟了，三只猴子都忙着收获，然后各自把栗子过了磅，很凑巧，都是 200 公斤。

当年年底，猴妈妈把三个孩子都叫到身边，要它们汇报栗子的收获情况。猴子三兄弟除老二实报外，老大虚报有 300 公斤，老三瞒报仅 100 公斤。

猴妈妈赞扬了老大的勤劳能干，为它颁发了奖金，同时也为老三发放了扶贫款。

次年开始，栗树林里失去了往年的繁忙景象。

猴子三兄弟中的老大想，瞎忙一年也增产不了几个栗子，不如年底虚报多得奖金，因此，它足不出户，天天睡醒了吃，吃饱了又睡。

老三觉得自己年纪最小，收成不好就可得到扶助，因此它长期到各地名山游玩，直到年底才回家。

老二虽然对猴哥和猴弟的成绩怀疑，但它认为生活必须依靠自己,开始实施科学种栗子,栗树越长越好,收获越来越多。

有一年年底,猴妈妈生病死了。从此,痴迷不劳而获的老大、老三失去了依靠,日子很难过,老二却过着非常幸福的生活。

大启发:"生活必须依靠自己"。文中的老大和老三只想着不劳而获,最终得了个"失去了依靠,日子很难过"的下场,而老二则依靠自己,"实施科学种栗子,栗树越长越好,收获越来越多",过上了非常幸福的生活。由此可知,我们千万不要有老大和老三"只想不劳而获"的思想,而要以老二为榜样,凡事要从长计议,靠自己的双手,脚踏实地、勤勤恳恳地去干!只有求发展才能求生存。

核 桃 树

宽宽的大路旁边,生长着一株核桃树。

核桃树为行人们带来种种方便,特别是夏天,人们能到树下躲躲太阳;而且,它还能为人们提供自己的果实——既香又好吃的核桃。

但正因为有好吃的核桃,这反倒为它带来了不幸。

春天、夏天都好过:

春天时,小鸟来树上歇息,唱上一支歌,跳上一会儿舞,扇扇翅膀飞走了。一天来几群鸟,核桃树一点也不寂寞。

夏天时,艳艳的花儿开了,就开在核桃树的周围。花儿芳香,引来一群群的蝴蝶和蜜蜂。它们也是唱着、舞着。核桃树好开心呀。

核桃树总在心里祈祷,春天,你慢些走,多让我享受享受;夏天,你也慢些走,多陪陪我。

核桃树太害怕秋天了。因为,核桃树知道,秋天来了,自己的果实也就成熟了,自己的不幸也随之到来了。

秋天里,人们看到核桃树上的核桃成熟了,都想尝一尝。但是,树太高了,要想爬上去,没有那么大力气,要想攀上去,没有那么长的梯子。

于是,人们便捡起路边的石头,他们昂起头,抡起胳膊,将石头抛得高高的。人多了,石头就像雨点般打在核桃树的身上。

树叶被打落了,纷纷掉在地上;树枝被打断了,挂在树上;树皮被打破了,流出树的"血液"。

可怜的核桃树啊,被打得遍体鳞伤。

躲无处躲,藏无处藏,核桃树只好暗自流泪。实在气不过,它就叹息着说:

"我真是不幸啊,年年都给自己招来侮辱和苦恼!"

大启发:这个故事适用于因行善而感受苦恼的人。难道你不为核桃树感到不平吗?

黄 蜂 和 蛇

在路边的草丛中,一条身穿绿色花套装的青蛇从洞里爬出来,并不是它喜欢夜生活,只是烦躁的夏天使它浑身不适,所以出来乘凉。蛇扭摆着身体慢慢向前爬行,顺便找些吃的来填饱肚子。它穿过一片绿油油的草地来到了一个池塘边,游到池塘里痛快地洗了个凉水澡才爬上岸来,又爬到一棵树下准备休息休息。没多久,一只黄蜂嗡嗡地吹着大喇叭飞过来,蛇想:这一定是只赶夜路的黄蜂,要不然它也是出来乘凉的。蛇对黄蜂没有什么好印象,它们除了偷吃别人的蜂蜜还蜇人外,只会嗡嗡地吵个没完。有一次,它还狠狠地教训了它们一顿,把它们吃掉了不少。再说这只黄蜂,由于天黑,也没看清,竟然落在了蛇的头上。开始的时候它并未觉察,还以为在草叶上,慢慢地它觉得自己在移动,低头一看才知道原来站在蛇的头上。黄蜂心中暗喜,平时都是蛇欺负它,这回它可要狠狠地报复报复蛇。于是它对蛇展开了进攻,不断地蜇它,折磨它。这下蛇可惨透了,痛得它爬也不是,跑也不是,真是喊天天不应,叫地地不灵,它只好把头往树上撞,即使这样,也没有把该死的黄蜂赶跑,只得任凭黄蜂宰割。蛇扭动着身子挣扎着,它奋力爬到路边,这时,正好远方有一辆车子飞奔而来,蛇想到了一个不是办法的办法,与其这样被折腾下去,还不如痛痛快

快地死了算了,于是把头放在车轮底下,对黄蜂喊道:"我要与你这该死的家伙同归于尽。"说完,车轮急驰而过,蛇就这样和黄蜂一起死了。

大启发:在无法战胜敌人又不能保全自己的时候,找机会与敌人同归于尽也未尝不是办法,不过这个代价惨重了点。

贪 钱 的 人

很久很久以前,在一个小村子里住着十几户人家。其中有一家是富户,这个富户的主人是个贪财如命的大财主,专门剥削村里的穷人。

这个财主拥有上百亩良田,最引人注目的是他那座富丽堂皇的大宅院。前后几层院落,里面雕梁画栋,如同人间仙境。

财主的家中只有他和他10岁的儿子,其余全都是佣人。这几日财主每天坐在家中看着仆人们出出进进,心中十分烦恼。他时常想:我拥有这么大的家业,只有我和儿子两个人,万一有一天佣人们不老实,偷偷拿了我的东西,我都不知道,那不是白白损失了吗?我的钱已足够子孙们活几代的了。经过思前想后,他最终决定辞掉所有佣人,把房子卖掉,统统变换成金子埋起来,自己和儿子只住两间小房子,和平常人家一样。

从这以后,财主最担心的便是墙根底下那堆金子,他每天都去挖出来看看。看过之后就像吃了定心丸,晚上才能入睡。财主经常这样,很快引起了别人的注意。尤其是他家附近住着的那个农夫,这个农夫是个单身汉,靠劳动维持生活,他精明细心,喜欢观察周围的事物。那个贪婪财主的一切行动早就引起了他的怀疑。"不知道这个大财主又想什么鬼主意了。"他想,于是便暗暗跟踪财主。

一天,恰逢财主又来到墙根下。他四处望望,见没人,蹑手蹑脚地用铁锹向地里挖去。挖了好久,面露笑容地弯下腰,捧出一个坛子。他打开盖从里面拿出一块沉甸甸的金子看了看,随即又放了回去,按原样埋好。他以为一切干得神不知鬼不觉,没想到却被树后的农夫看了个一清二楚。

农夫终于明白是怎么回事了。他见财主走远了,就来到墙根下把金子挖了出来,拿回家里。他把村子里贫苦的人召集起来,向大家说明了事情的经过,大家平时对财主的吝啬和贪婪就非常痛恨,便把财主的金子给分了。

再说财主,第二天又来挖金子,却发现那地方已经空了。就好像有人掏去他的心肝一样,他揪住头发,顿足捶胸,哭得死去活来。有人见状,向他问清了缘由,便对他说:"别伤心了,反正你的钱埋在地下也没用,就像埋石头一样,倒不如你拿块石头放在那儿,就当是金子埋在那儿,不是一样吗。"

大启发:悭吝的守财奴虽然家资累万,实则等于一文不名;况且为富不仁更容易惹起众怒,其结果往往是终生为金钱而害人,最后也是为金钱而害。

大海与牧人

大海的边上有一片空旷而肥美的草原,一个牧人住在草原上,放牧他心爱的羊群。大海波涛汹涌,但牧人每天都很平静,早出晚归,幸福而自在。

然而,他毕竟和大海靠得太近,每天都能看见船只运来很多新鲜、珍贵的东西,码头上也堆满了各种各样的货物,货主们都非常得意,个个喜形于色。看着看着,牧人眼红了,也想出去碰碰运气。

于是,牧人以最快的速度卖掉了自己的茅屋和羊群,买了各种货物,装上一条小船,就从入海口出发了。他幻想着能够像别人那样发一笔大财。

然而牧人只知道出海能挣大钱,却不知道他这是踏上了冒险之途,只熟悉羊群的牧人怎会明白大海的变幻莫测。小船刚一出海还没有走太远,海上便起了风暴,汹涌的海浪打翻了他的小船,价值不菲的货物全都沉到了海底。牧人自己也被大浪掀到了海里。他使出了追赶羊群的劲,死命地挣扎,这才奋力游到了岸上。

大海夺去了牧人的一切,一无所有的他回到草原上又一次成了牧人,与以往不同的是,这一次他不再拥有自己的羊群,他当了富人家的雇工。虽然丢掉了一切,但是凭着勤劳和聪慧,他又一次拥有了自己的羊群,又跟以前一样成为羊群的主人了。

太阳在头上照耀,羊群在牧人的身边吃草。牧人坐在沙滩上,仔细打量着离他很近的大海。一片汪洋上几乎看不到泛起的涟漪,一只大船在向着码头驶来。

牧人好像明白了什么,突然间冲着大海大声地说:"我的朋友,我这回可是真的了解你了,你看上去很平静,却潜藏着巨大的波涛和阴谋。你已经把我这个牧羊人骗过一次了,但我现在是清醒的,你一个小钱也甭想从我这里骗走了。"

大海仍在哗哗地冲击着沙滩,也不知是不是听懂了牧人的话。

大 启 发:牧人在失去自己的财产后,决定不再冒失地出海了。这则寓言告诉我们,想要改变自己的生活,就应该在行动前充分规划好一切,因为每一个具有挑战性的决策都会有风险。无论条件怎么充分,成功的几率都不会是百分之百,无论明天变得怎样,我们都不可以轻易失去今天已经拥有的东西。但挫而不前,也实不可取。

鳄鱼找朋友

鳄鱼模样凶恶,行为凶残,在动物世界里名声不太好,谁都离它远远的。

鳄鱼为此很伤心,模样是天生的,行为也是先天造就的,没有什么办法。但必须找个朋友,如果是好朋友,一定与它好好相处,绝不会伤害它。

鳄鱼找朋友的信息很快传递出去,但不少动物不敢轻信,担心鳄鱼伪装中暗藏杀机,何必自投罗网?!

一天,牙签鸟飞得累了饿了,落在岸边一棵大树上。

水中的鳄鱼往岸上爬,一抬头看见了牙签鸟,十分高兴地望着牙签鸟说:"您好啊!小朋友。"

牙签鸟见是鳄鱼,警觉地问:"您管我叫'小朋友'?"

"是啊!"鳄鱼诚恳地说,"我想和您交个朋友。"

"可不少人说,与您交朋友是很危险的,叫做'伴君如伴虎'。"

"那是偏见啊!我实实在在是需要朋友的,我想您就很合适的,我们可以相互帮助,相互受益的。"

"可是,叫我如何相信呢?有的坏蛋说的比唱得好听,实际上口蜜腹剑哪!"

"与人相处当然不能只听其言,而要观其行。请您相信我,我需要你这样的朋友帮助我清除牙垢,您也可以解决食物的问题。"牙签鸟吃惊地说:"为您清除牙垢,您还不一下子吞了我?"

鳄鱼摇摇头:"您为我清除牙垢是帮助我啊,我感谢还感谢不过来呢。"

牙签鸟见鳄鱼态度十分诚恳,而且自己也饿得十分难受,就说:"我试试吧!"

鳄鱼一边说"谢谢",一边张开大嘴,牙签鸟飞进去,把在鳄鱼牙缝中的食物边叼出来边吃掉……

鳄鱼真的没有伤害牙签鸟,它们成了好朋友。一直到现在,鳄鱼和牙签鸟都友好相处,甚至形影不离。

大启发:人生的路不是一帆风顺,有时会受到伤害,但我们不能因为这样就退缩!其实朋友对我们的成长来说是十分重要的,只要我们懂得交适合自己的朋友,学习朋友的长处,和朋友真诚相待、互补不足,那么,朋友将是你的"良师益友"!如果你因为害怕受伤害而没有对你的朋友付出真诚与信任,那么,你也将得不到别人的真诚与信任,如果对交朋友心存害怕,那就永远交不到好朋友。

空话不是诺言

有一个穷人得了重病,由于没钱医治,病情一天天加重。

这天,会算计的妻子偷偷地把家里正在下蛋的4只老母鸡卖了3只,以便既能为丈夫请医生,又能留一只下蛋,给丈夫补充营养。

医生来了,还没等进行诊断,病人就巧妙地把妻子支到外面去了。他趁这个机会赶紧对医生说:

"医生,在你诊断完了的时候,请不要直接说出我的病况,以免我的妻子为我担心。当你确认我不会有什么危险的时候,你就站在我的头边;当你认为我没多大希望时,你就站在我脚边。这样我对自己的病情就一切都明白了。"

医生答应了,便开始检查他的病情。

穷人的妻子回来时,忙问丈夫的病情,医生支支吾吾搪塞着,却站在了病人的脚边:暗示他的病无药可治了。

医生走后,穷人很伤心。他的孩子还小,不能承担养家的责任。如果他死了,对妻子的打击实在是太大了。

当然,每一个临死的人分外懂得生命的可贵,这个穷人也不例外。因此,他常常背着妻子祷告众神说:

"无比圣明、神通广大的天神呵,只要您能够叫我大难不死,在我下床以后,我一定设百牛大祭,送礼还愿,感谢您的大恩大德。"

有一次,他的诚实的妻子听到了这句话,便问道:

"可怜的人呵,我多么希望你的病明天就好了啊！假如真的如此,我们从哪儿弄这笔钱来还愿呀？"

病人苦笑着回答说:

"嘿嘿,你以为神让我病好下床,是为了向我要这些东西吗！"

大启发:病人的话只是一种无奈的玩笑,它却告诉我们:实际上不想做或根本做不到的事情,人们倒很轻意、很容易地答应下来。空话不是诺言,它是无须兑现的。

乌鸦和狐狸

乌鸦有了小宝宝，为了不让这些小宝宝挨饿，乌鸦天天不辞辛苦地出去找吃的。

一天，乌鸦不知从什么地方找到了一块奶酪，它衔着奶酪落到了一棵树上休息，心想这下子可以够孩子们吃上几天的了。它含着奶酪小心地站在树枝上，生怕一不小心把奶酪掉了。

这时，一只狐狸从树下走过，一阵奶酪的香味引得狐狸团团转，它抬头一看，原来奶酪就在乌鸦嘴里。狐狸舔了舔嘴唇，心想，要是能得到这块奶酪多好啊，于是眼珠一转，想出了一个鬼主意。它摇起尾巴，看着乌鸦，语气十分柔和地说：

"乌鸦小妹妹，你是多么美丽而迷人啊，你那光滑的脖子、明亮的眼睛，美丽得像天堂里的梦!"

乌鸦听了并不做声。

狐狸接着说："你的羽毛是那样的黑亮，你的嘴巴是那样小巧，你只要一开口说话，声音一定和天使的声音一样!给我唱支歌吧，你的歌声是天下最美的歌声。唱吧，亲爱的天使，别害羞。"乌鸦依旧不做声。

"啊，乌鸦小妹妹，你长得这样美丽动人，要是歌儿也唱得同样的委婉动听，那么在鸟类之中，你就是令人倾倒的皇后了。"

乌鸦听了狐狸的赞美，美得有些飘飘然了，高兴得有点透不过气来。

狐狸还在继续鼓动："你唱啊，乌鸦小妹妹，美丽动人的歌声要是不唱出来，谁还知道这里有一位出色的歌唱家呢?唱吧，唱吧……"

乌鸦再也忍不住内心的激动了，听从了狐狸的劝诱，于是尽己所能，开始"呱呱"地唱起来。

不用多说，奶酪从乌鸦的嘴里掉了下来，狐狸高兴地向上一跳，接住了那块奶酪，顿时逃得无影无踪了。

大启发：面对狡猾的狐狸，乌鸦放松了警惕，被甜言蜜语冲昏了头脑。这则寓言告诉我们，凡事都要动脑筋，只爱听好话，到头来吃亏的只能是自己。因为说奉承话的人，往往不是骗子就是敌人。听信阿谀奉承有百害而无一利。

小　溪

　　在草原上有一条清澈的小溪，溪水的声音清脆悦耳。一个满脸愁容的农夫来到了小溪边，对着小溪唱着一支哀歌，他唱的是自己重大的损失和永久的悲哀，因为不久以前，邻近的大河把他特别喜欢的小羊给冲走了。如今一看到水，他就情不自禁地想起自己一点点养大的小羊来。

　　小溪听到了这支哀歌，十分同情这位农夫，同时也十分愤恨大河的凶残。它大声地指责大河：

　　"不知足的河水啊，如果你跟我一样的清澈，一样的一览无余，世人就可以在你泥泞的河床里，看到因为你的贪欲而牺牲的人们。你那么残酷地吞噬无辜的生命，连那么温顺的小羊你都不放过，要我看，你的激流应该知耻地流入深渊，或是躲入阴暗的深谷！"

　　接着，小溪又故意当着农夫的面表白着自己："要是我交上了好运，成为一条大河，我就要把自己看做大自然的骄傲，我要文文静静地流动，平安和谐地与人类相处，决不损害一个生物！对于我可能遇到的每一间茅房，每一棵灌木，我都小心爱护，体贴入微。我要让周围的乡村，都要为我的名字祝福致谢。我只给山谷和平原带来新的幸福，决不损害一草一木，我散布的只是福利，任何地方也不留下痛苦。我的水将要往前流入大海，我是一道强壮而和平的溪流，一道纯净得像银子般的溪流！"

小溪如此说道，身边的大河无言以对，身边的农夫感动得流下了泪水。"原来小溪是如此知情知理！"

一个星期之后，山峰上浓云密集，下起了倾盆大雨，并且下了很久。水多了，小溪现在成了大河。然而，令人惊异的是它的性格变得和以前截然不同了。河岸的堤坝挡不住这条汹涌的溪水。它奔腾澎湃，卷起一大团一大团浑浊的泥水向前涌去，多年的老橡树也在它的愤怒中被冲倒了，老远就听得见树枝折裂的声音。甚至那个曾对小溪无比信赖的农夫，也和他的羊群一起被溪水冲走了。

大启发：信誓旦旦的小溪最终还是成了波涛澎湃的害人之河。世界上有许多像小溪这样的事物，看上去平静而温和，然而一旦得势，时机成熟，性情就随之发生变化，究其根底，是他们温顺的时候，还不具备兴风作浪的本领。

池沼与河流

池沼和河流是一对邻居。它们离得很近，平静的池沼整日里无事可做，百无聊赖之时便注意起那条河来。只见它整天川流不息，于是池沼就问河流：

"喂，亲爱的朋友，我老是看到你整天奔流不息，你一定累得要命吧！而且我老是看到，你一会儿背着沉重的大船，一会儿托着长长的木筏在我眼前奔流而过。小船、舢板更不用说了，它们多得无穷无尽。你什么时候才抛弃这样无聊的生活呢？换了我啊，可真要把我腻烦死了，我宁可干涸掉！"

河流笑了，没有立即回答，依然在默默地流淌，默默地运送那些船只。

然而池沼的话匣子又打开了："像我这样安安逸逸地生活，难道你不羡慕吗？我承认我并不出名，我没有蜿蜒流过整幅地图，那些歌唱家和诗人也决不会歌颂我的名声，可是这些个虚名有什么实惠吗？我，一个幸福的闲人，舒舒服服、悠悠闲闲地荡漾在柔和的泥岸之间，好比高贵的太太们坐在沙发的靠枕里一样。大船小船从来不找我麻烦，连小木筏们我也懒得理它们。我这儿可没有这些无谓的纷扰，甚至小木筏有多重我也不知道哩。至多偶尔有几片落叶漂浮在我的胸膛上，那是微风把它们送来和我一起休息的。一切风暴有树林挡住，一切烦恼我也沾染不上，我的命运是再好不过的了。周围的尘世不断地忙忙碌碌，我却躺在幽静的梦里养神休息，多美的日子啊……"

池沼还在意犹未尽地说着，但是他的话被河流打断了。

"我说大哲学家，你既然懂得这么多大道理，就别忘了这一条法则，"河流说道，"水只有不停地流动才能保持它的新鲜。虽然我是一条默默无闻的河流，但因为我持久地川流不息，我才能成为一条有名的河流；因为我并不想躺在那儿做梦，我有源源不绝的水，又多又清的水，才年复一年地给人们带来幸福，因而赢得了光荣的名誉。或许我还要世世代代地流下去，那时候，你的名字甚至不会有人知道。"

河流说完，就头也不回地向前流去了。

河流的话果然应验了。壮丽的河流一年比一年广阔，一年比一年壮观。而池沼却一年浅似一年，它的面上浮着一层绿色的粘液，芦苇等野生植物生长起来了，而且繁殖得很快，没过多久，池沼就慢慢地干涸了。

大启发：生命在于运动，河流因为运动，所以越来越壮阔；沼泽常年不动，因而渐渐腐朽与消亡。此所谓"流水不腐，户枢不蠹"。做事情也是一样，以惰性对待事业与工作，终将会使人一蹶不振、颓废萎靡，只有不断努力，蓬勃向上，才能焕发出勃勃生机。

狼 和 杜 鹃

　　森林里狼和杜鹃是一对邻居,这对邻居可颇有些奇怪,彼此见面都时常打招呼,看起来也非常友好,可是在生活上却从没有什么实质的往来。应该说,杜鹃对老狼的品行是最清楚不过的了。狼因为品行太坏,在这里遭到不少人和动物的反对,人人喊打的日子可不好过,无奈,狼只得离开这里,移到别处。

　　临行前,狼想,毕竟与杜鹃也是邻居一场,于是找到杜鹃说:"再会了,我亲爱的邻居。唉,本来是想在这里长期生活下去的,我们多年的邻里相处多么和睦!可是,要说我能在这儿安安逸逸地呆下去,那不过是聊以自慰罢了,人啊,狗啊,就连松鼠这样的小动物,都露出了同样的坏脾气,诚心与我过不去。其实呢,我有什么错,不就是与恶人打打架吗?话又说回来,若要不跟人和野兽打架,那只有圣人才做得到,你说呢?"

　　杜鹃听了老狼这通胡言乱语,心里想起昔日老狼的那些恶行,真是恨之入骨。但脸上却没有表现出来,依然平和地说:"那么,邻居,你要出远门吗?你去哪儿啊?哪里又是你美好生活的安乐之乡呢?"

　　老狼听到杜鹃这么问它,倒来了情绪,于是充满向往又故作有声有色地说:"我一定要找到一个神圣的世外桃源。亲爱的邻居,你可不知道,世外桃源可是乐土!你讲战争——那儿谁也不懂得战争。人们温和得像只羊羔一样,河里面流的是牛奶,天上飞的都是美味,总而言之,那儿是黄金时代。在那里,人人都像兄弟般地照顾他的邻人。据说,狗白天黑夜甚至都不叫一声,就更不用说咬人了。"

"哦,亲爱的朋友,"老狼接着又说。"你倒说说看,在那样的地方安息,是不是很甜蜜啊?在那儿,我可以过着和平、满足、愉快的生活,远不像这儿这样,整天四面埋伏着危险,夜里也睡不安稳。再见了,邻居,我会想念你的。"

老狼的一番话使杜鹃越发看透了它的丑恶嘴脸,所以又故作认真地说:"再见,亲爱的邻居,祝你一路幸福!不过——"杜鹃又说,"不过你那尖利而毫不留情的牙齿,还有你那粗暴待人的'好'性格,你要一起带去呢,还是留在这儿?"

"什么?把它们留下?绝无此事。"

"那么,我的朋友,你好生记住我的话,即使你在和平的环境里,如果你不改变你那害人的本性,你的皮仍旧会被剥掉的。"杜鹃说完这句话,头也不回地飞走了。

大启发:狼对生存环境充满了抱怨,不是因为人和猎狗对它太苛刻,而是因为它自己本来就是一个恶棍,这是由它的本性决定的。思想越是卑劣的人,他就往往越要挑剔别人的错。这样的家伙,不论在哪儿,不论对什么人,他都看不顺眼,总爱和大家闹翻脸。这样的人,在哪儿都不会受到欢迎。

三头公牛和狮子

在辽阔的大草原上，生活着红牛、黑牛、黄牛三兄弟。公牛三兄弟时常在一起游戏、休息。

这天，草原上来了一只狮子。狮子看到了三头牛，想把他们吃掉，就向他们猛冲过去。

三头公牛也看见了狮子，他们马上头朝外，围成了一个圈子。狮子猛冲过来，被红牛用角挑出老远，重重地摔了个跟头。狮子想从另一个方向进攻，可看到黄牛和黑牛瞪大眼睛、恶狠狠地看着他，狮子也就不敢靠近了。最后只好灰溜溜地走了。三头公牛松了口气，都说："咱们三兄弟只要团结，再凶的狮子也不怕！"

狮子没吃到牛肉，当然很不甘心，但是又斗不过三兄弟。怎么办呢？狡猾的狮子终于想出个办法。这一天，三兄弟没有在一起，狮子终于等到了机会。他跑到黑牛身边，黑牛吓了一跳，马上摆出了准备战斗的架势。

狮子连忙解释说："我不是来吃你的，你的力量这么大，我怎么敢吃你呢？不过，我想问你，你们三兄弟中，哪一个力量最大呢？"

黑牛想了想，说："我看差不多是我吧！"

"那就奇怪了，"狮子说，"刚才我听红牛说，是他力量最大，那天要不是他挑我一下，你们肯定会被我吃了！"

"他胡说,要不是我在,他才会被吃掉呢!"黑牛气得直喘粗气,他决心不再理红牛了。

狮子见黑牛上了当,又跑到红牛那里,说:"红牛兄弟,我知道你的力量是最大的。那天,要不是你把我赶跑,我早就把黄牛黑牛吃了。"

"我们是三兄弟嘛,我当然得保护他们了。"红牛嘴上这么说,心里却很得意,也不想赶狮子走了。

"可我听黑牛说,他的力气才是最大的。他还说,那天要是让他动手,会做得更好。你看,他正不服气地看着你呢!"

红牛扭头一看,果然黑牛正盯着他呢。红牛心想:这家伙,真是忘恩负义。要不是我救了他,他早就被吃了。红牛决定以后再也不和黑牛在一起了。

狮子又对黄牛说:"黄牛兄弟,红牛、黑牛他们都说你是胆小鬼,那天我冲过来,他们说你吓得直发抖。其实,你才是最勇敢的呢!"

黄牛愤愤地说:"这两个小子,自己胆小,还说别人,太不像话了。我非要找他们算账去。"说着就冲向红牛。

黄牛冲到红牛面前,一句话也不说,一头把红牛撞了个跟头,红牛气极了,爬起来和黄牛打了起来。

黑牛看见,也冲了过来。就这样,三头牛打成了一团,从早晨打到中午,从中午打到晚上,最后,三头牛都遍体鳞伤,筋疲力尽,躺在地上直喘气。

躲在一边的狮子见机会到了,就冲过来,没费多大劲儿,把公牛三兄弟全咬死了。

大启发：读了这篇寓言，小朋友有没有想过，为什么公牛三兄弟前后会有不同的结局呢？因为一开始的时候他们是团结一致的，所以狮子对付不了它们。后来，它们互相斗争，打得遍体鳞伤，狮子才有机可乘，吃掉了它们。这个故事告诉我们，一个集体只有团结，齐心协力，大家的力量才会强大。如果闹分裂，不顾大局，还自相残杀，这时候力量是非常弱小的，结局只能是集体没了，自己也受害了，下场就和三只公牛一样。记住：团结就有力量，可见团结有多么重要啊！

兽国的瘟疫

森林里生活着一个动物王国，动物王国的居民都非常勇敢，几乎没有什么可怕的，惟一令它们害怕的就是瘟疫。

瘟疫是上天最可怕的惩罚，自然界最厉害的疾病。只要瘟疫一发，走兽们都会为之丧胆，地狱的门大开着，死神在原野、沟谷和高山上徘徊。可怜的动物王国里遍地狼藉，即使有些动物还在苟延生命，但它们也肯定是奄奄一息，几乎但愿自己早死了。

又一次瘟疫爆发了，大家都意气消沉，遭到这样的苦难，走兽们仿佛惶恐得畏缩了。鸡高枕无忧，因为狐狸躲在洞穴里斋戒，实在没有心情大吃大嚼了。鸽子和它的伴侣分居了，实在没有心思去回忆爱情的甜蜜了，性命都没了保障，爱情又怎么甜蜜得起来呢？

狮子大王在这紧急的关头召开了会议。野兽们失魂落魄地蹒跚而行，硬撑着来到会场。它们围着众兽之王，眼睛都不敢眨，竖起耳朵，听狮子讲话。

"我的朋友们，"众兽之王开口道，"不可饶恕的罪孽引起了上天对我们的惩罚，所以，我们中间谁是罪大恶极的，谁就自愿献身作为天神的祭品吧。这样或许可以使天神满意，我们虔诚的信仰也就可以平息天神的震怒。我的朋友们，你们大家都很明白，当自愿牺牲者牺牲了，我们就得到上天的欢心，这是我们多年来的生活经验。"

狮子停了停又继续说："所以，大家要低下头，用心想一下，在这儿高声坦白自己的罪孽，不论是思想上的、言语上的、行动上的以及其他一切的罪行。亲爱的朋友们，坦白出来吧，忏悔吧！"

这时，狼先站了出来："咳，我承认——提到这事是多么痛心，我是有罪的。可怜的小羊羔，小羊羔从来没有损害过我，但我却曾作孽地把它们撕个稀烂，甚至连牧羊人也曾经成了我的口中之物，真是没有道理。虽然我很愿意献身作为祭品，然而，我想另一种做法会更合理一点，大家必须都历数自己的罪孽，然后我们看到谁罪大恶极，就把谁当作祭品。毫无疑问，这样公正合理的做法可以使天神更加满意。"

"啊，哥哥，我亲爱的哥哥，"狐狸对狼说道，"只有你，由于心地的高贵，才在这儿承认自己的罪孽，如果你把这样的事情也当作罪孽，我们的良心真感到不安，假如都按良心办事，我们都只好饿死了。再说呢，亲爱的哥哥，你肯赏光吃掉羊羔，对于羊羔当然是无上的光荣。说到牧羊人，我们倒是觉得，教训教训他们，叫他们识相点是应该的！没尾巴的人类狂妄自大，自以为他们是天生来统治我们的哩！"

老奸巨猾的狐狸说完，接着就有更多的溜须拍马的家伙不厌其烦地附和着它的论调，争先恐后地发表自己的主张：狮子的生活是洁白无瑕、无须赎罪的。于是老虎、熊、豹，挨个儿地当众表示它们也有一些这样或那样的小毛小病，但关于它们为非作歹的事，谁也不提，谁也不注意。所有尖牙利爪的猛兽都逃过了审判的关口，它们不但是理直气壮的，而且几乎是道貌岸然的了。

轮到牯牛时，它老实地说道："我们也来忏悔我们的罪孽吧。

5 年之前,我们冬天的食料吃完的时候,魔鬼拼命怂恿我去犯罪,我饿了几乎一整天以后,就在牧师的干草堆上偷了一小束草料。"

一听到这些话,猛兽们就开始咆哮,熊、老虎和狼,都大声嚷嚷起来。

"瞧,这可是个蠢牛。"

"偷吃牧师的干草!怪不得上天要来惩罚我们了,就因为它窃取圣物呀!这个不敬神的家伙,脑袋上长角的家伙,为了它的一切罪孽,害得我们半数动物牺牲啊!"狼大喊道。

"让它作祭品是再公道不过的了!"

"是,就这样!"大家附和着。

于是牯牛就被拉出去作牺牲了,临死前也是老老实实的。

大启发:奸诈的人遇事首先逃脱罪责,不乏其词,而且为了逃脱罪责往往陷害驯良之人。在实际生活中我们一定要擦亮眼睛认清这些人的真面目,谨防他们的诬陷和迫害。

狗 的 友 谊

　　黄狗和黑狗吃过午餐,躺在厨房外的墙脚边晒太阳。虽然在院子门口守卫更威风,但是它们已经吃饱了,不想再冲着来来往往的人大叫了,于是就彬彬有礼地攀谈起来。它们谈到人世间的各种问题,谈到了自己必须做的工作、人世间的恶与善等等,最后谈到了友谊问题。

　　黑狗说:"人生最大的幸福,就是能和忠诚可靠的朋友在一起生活,有什么困难,就互相帮助,睡啊、吃啊都在一块儿,彼此相亲相爱,并且尽力使朋友高兴,让它的日子过得更加快乐,同时也在朋友的快乐里找到自己的快乐——天下还能有比这更加幸福的吗?假如你和我结成这样亲密的朋友,日子一定好过得多,连时间的飞逝都不会觉得了。"

　　"太好了,我的宝贝,就让我们做朋友吧!"黄狗热情地说道。

　　黑狗也很激动:"亲爱的黄狗,过去我们两个白天黑夜都在一块,简直没有一天不打架,我好几回都觉得非常痛心!真是何苦呢,主人挺好的,我们吃得又多,住得也宽敞,打架是完全没有道理的!人类把我们当作友谊的典范,就让我们用行动给人类证明:要结成友谊是没有什么障碍的!来吧,握握手吧!"

　　"好的,好的!"黄狗叫道。

两个朋友立刻热情地拥抱在一起,互相舐着脸孔,那个高兴劲儿,简直无法形容。

"友谊万岁!"

"让吵架、妒忌、怨恨都滚到天边去吧!"

就在这时候,厨子从窗户扔出来一根香喷喷的骨头。两个新朋友立即像闪电似地向骨头直扑过去。友好、和睦、谦让就像蒸发了一样。"亲密"的朋友"亲密"地滚在一起,使出了全身的力气,相互撕咬,目的就是要抢到这块骨头,搞得一蓬一蓬的狗毛满天乱飞。

是什么让这一对信誓旦旦的好朋友反目成仇?或许就是一点点利益吧。

大启发:人世间有许多这样的友谊,但如果给他们一点利益,他们就会为了这一点点利益而撕破脸面,打得难解难分。他们根本不是真正的朋友,好朋友是要经得起各种利益的考验的。

猫 和 夜 莺

一只夜莺飞离了集体，独自孤零零地乱闯乱飞，结果被一只猫捉住了。猫并不想很快吃掉夜莺，它想先玩一玩这个可怜的小家伙。可是猫伸出脚爪，只轻轻地一握就把夜莺吓得缩成一团。

猫在夜莺的耳边低声说道："夜莺，我亲爱的小鸟，我听人们到处在赞扬你唱歌的本领，说你唱得和一流的音乐家不相上下。尤其我的老朋友狐狸也这么说，它不会骗我的。它说你生来一副好嗓子，又甜润又动人，所有的人听了你可爱的歌曲，都会心醉神迷。我也十分想听你唱歌。"

猫情不自禁地拍了小夜莺一下，小夜莺抖得更厉害了，猫又说："不要发抖，我的朋友，不要误会我的意思！你以为我要吃掉你吗？没有这样的事。我只要你给我唱支歌而已。我会释放你的，让你在树林里漫游，从这棵树飞到那棵树！至于说到音乐呢，你要知道，我跟你一样爱好音乐。我也常常喜欢'咪呜——咪呜——'地唱着催眠曲睡去呢！"

但是可怜的夜莺仍然抖得十分厉害，它在猫的脚爪中连气也透不过来。猫说："我在等着你唱歌，怎么啦？唱吧，我亲爱的小家伙，唱一支短短的小曲儿也行。"

惊惧的夜莺无论如何也唱不出来，它在惶恐中叽叽地哀叫，

那叫声让人心寒。猫终于忍不住了,本来想用花言巧语劝小夜莺唱歌,可它就是不唱,这回猫尖叫起来:

"你就用这种怪声怪叫风靡整个树林吗?"猫大吼道,"我问你,让大家赞不绝口的纯正而洪亮的音调,都到哪里去了呢?哪怕是唱一声呢,也让我相信你会唱歌,我实在忍受不了这样的怪叫!我希望你能唱歌,显然是指望错了。让我来试试看,把你放在我嘴里是否味道要好些。"

猫毫不留情地用爪子把小夜莺送进了嘴里,可怜的小夜莺只惨叫了几声就被猫吃得精光了。

大启发:这则寓言告诉我们,任何能力的发挥都要有一定的前提条件作为基础,强制之下永远无法得到最美好的东西。

杰米扬的汤

　　杰米扬和福卡是好朋友,总是互相帮助。杰米扬和妻子搬到城里的新家后,执意要请还住在乡下的福卡来家里吃饭。杰米扬对妻子说:"做鱼汤吧,福卡最喜欢喝鱼汤。"

　　于是杰米扬的妻子准备了一大锅汤,请朋友福卡前来品尝。

　　福卡来了,坐下后,杰米扬热情地说:"请啊,老朋友,请吃啊!这个菜是特别为你预备的。"福卡于是就不断地喝汤,喝了一盆又一盆。

　　"再喝点,再喝点。"杰米扬不断地向福卡说。

　　"不,朋友,吃不下了!我已经吃得塞到喉咙眼了。"福卡回答。

　　"没关系,才一小盆,总吃得下去的。味道的确好,喝这样的鱼汤也是口福啊!"

　　"我已经喝过三盆哩!"

　　"嗨,何必计数呢?哦,你的胃口太差劲!凭良心说,这汤真香,真稠,在盆子里凝结起来,简直跟琥珀一样。请啊,老朋友,吃完它!吃了有好处的!瞧,这是鲈鱼,这是肚片,这是鲟鱼。只吃半盆,吃吧!"杰米扬喊自己的妻子,"老婆,你来敬客,客人会领你的情的。"

　　杰米扬就这样热情地款待福卡,不让他休息,不让他停止,一个劲儿劝他吃。福卡的脸上大汗淋漓,勉强又吃了一盆,还得装作吃得津津有味,把盆子里的汤喝了个干净。

"这样的朋友我才喜欢,那些吃东西挑剔的大人先生们,我觉得特别可气。"杰米扬嚷道,"吃得痛快!好,再来一盆吧!"

这时福卡生气了,他忍无可忍,马上站起身来,拿起帽子、腰带和手杖,用足全力跑回家去了,从此再也不登杰米扬的门。

大启发:待人热情固然是好事,但物极必反,做什么事太过分都会走向另一个极端,再好的东西,如果不加节制地强加于人,也会适得其反,使人难以忍受,就像杰米扬的汤一样令人讨厌。

猫 和 厨 师

厨师的一个朋友去世了,他便和几个朋友一起去悼念他。厨师是一个热心的人,虽然平时很少出门,但是这次是自己的朋友有事,所以他宁可放下手中的活,也要参加这个葬礼。

厨师工作的厨房,老鼠比较多,不时出来偷吃东西,年轻的厨师便留了他忠实的猫来看守大批食物,防备猖獗的老鼠偷东摸西。将一切安排妥当之后,他这才放心地离去了。

追悼活动一结束,厨师马上赶回厨房,一进门,他惊呆了:地板上满是吃剩的糕饼、菜肴,满屋子乱七八糟,猫儿蹲在一旁,躲在醋坛子附近,正"咪呜——咪呜——"地手拿一只小鸡撕着吃呢。

看到这样的情景,年轻的厨师火冒三丈,"嘿,嘿!你这个馋嘴的东西!"厨师怒喝道,"你这个混蛋,就在这个屋子里,当着我这样诚实的人面前,你竟吃起来了!你的良心上过得去吗?你对得起我对你的信任吗?"

猫儿始终忙着吃它的鸡。

"你,你也这样?你这样难得的好猫,过去还拿你的良好行为当做全街的模范呢!你,你竟堕落到这样?真让人痛心!现在每家每户都要说了,这只猫是个骗子,是个贼!以后不光不让你进厨房,而且一定不让你进院子,就像不让贪得无厌的狼闯进羊群一样!你真该死,你是败类,你比瘟疫还要糟糕!"

猫儿一边听,一边潇潇洒洒地吃着鸡。厨师举起笤帚,大声吼道:"我打死你这只猫,你听到没有?"猫抬头满不在乎地瞅了厨师一眼,就又低下头去吃手里的鸡。厨师举起笤帚的手无奈只好放下来,这个读过书的厨师不知用什么激烈的言辞来形容猫的罪恶,不知怎么来惩罚它才好。

厨师仍然滔滔不绝地说着,努力运用一些不同的字眼,可是他精心准备的大道理还没有讲完,那只不知羞耻的、没有一点自尊的猫已经把鸡吃完了。

大启发:面对这只不忠实且贪吃的猫,厨师只能是越说越生气。他本想猫会好好照看厨房的,但是他不知道,世界上根本没有绝对的听从,像猫这样的动物,是不应该用空话来进行管教的。

鹰 和 鼹 鼠

在美丽的夏季,鹰王和它的鹰后从遥远的地方不辞辛苦地来到了远离人类的森林。它们打算在密林深处过宁静的生活。于是,鹰王左挑右选,找到了一棵又高又大、枝繁叶茂的橡树,在最高的一根树枝上开始筑巢,准备夏天在这儿孵育后代。

鼹鼠听说森林里来了两位新的朋友,就爬出洞来,只见鹰王和鹰后正忙着建巢呢。它知道,在这个时候自己必须把实情告诉这两位新朋友。于是它来到鹰王面前,努力用大一点的声音说:"这棵橡树可不是安全的住所,它的根几乎烂光了,随时都有倒掉的危险,你们最好不要在这儿筑巢。"

"嘿,怪事!老鹰还需要鼹鼠来提醒?"鹰王听了颇不高兴,"你们这些躲在洞里的家伙,难道能否认老鹰眼睛的锐利?鼹鼠是什么东西,也不看看自己是什么身份,竟然胆敢干涉鸟大王的事情?"

鼹鼠一再地劝告,可是鹰王根本瞧不起鼹鼠,仍旧继续筑巢。鼹鼠没办法,就扫兴地离开了。鹰王筑巢的速度还真快,没用多长时间就筑好了,并且当天就把全家搬了进去。不久,鹰后孵出了一窝可爱的小家伙,个个长得可爱又结实。鹰王与鹰后别提多高兴了,至于鼹鼠的事,早就忘到脑后了。

鹰王每天出去打猎,以此来养活鹰后和一群小家伙,就这样,一家人活得既舒服又自在。可是，一天早晨，外出打猎的鹰王带着丰盛的早餐飞回家来，眼前的情景令它惊呆了，那棵橡树已经倒掉了，它的鹰后和子女都已经摔死了。

看见眼前的情景，鹰王悲痛不已，它放声大哭道："我多么不幸啊！我把最好的忠告当成了耳边风，命运就给予我这样严厉的惩罚。我从来也没料到，一只鼹鼠的警告竟会是这样准确，我真的不该轻视鼹鼠。"

这时鼹鼠来到鹰王的身边，走上前去说："的确，我长得小，视力也不好，但是我每天在地下打洞，与大树的根十分接近，没谁比我更了解大树的根了。"鹰王听了点头称是。在鼹鼠的帮助下，它选择了另一棵高大的橡树，重新筑巢，开始了新的生活。

大启发：这则寓言告诉人们对于各方面的忠告我们都要认真听取，一些看上去并不权威的人，恰恰有可能是最了解真相的人。轻视忠告是一种最愚蠢的行为，不听忠告、一意孤行必然自食苦果。

隐 士 和 熊

从前有个好心的人，没有亲属，孤身一人住在远离城市的荒僻的森林里。平时没事时，他常到森林中的草地上去散步，因为他想找个人谈谈话儿。然而，除了狼、熊之类的动物以外，谁还到这种地方去溜达呢？

一次，他看见一只健壮的大熊，他摘下帽子，向他漂亮的新朋友恭恭敬敬地鞠了一躬。他的可爱的新朋友也伸出一只爪子来，于是他们就开始谈起来。不久他们就成了好朋友，觉得谁都不能离开谁，所以整天呆在一起。两个朋友怎样谈话，他们谈些什么，说些什么笑话，玩些什么把戏，以及怎样地互相取乐助兴，我们无法知晓。我们只知道两个伙伴在一起真的很投缘，有说不完的话。

一个晴朗的早晨，他们定了一个计划，要到森林里的草地上去溜达，还要翻山越岭到远处游玩，于是他们就出发了。人的力气毕竟比不上熊，这位隐士在正午的骄阳下跑得累了，熊回过头，看到自己的朋友远远地落在后面，心里充满了关切。它停下脚步来喊道："躺下来歇一歇吧，老朋友，如果你想睡，何不打个盹儿呢！我坐下来给你看守，以防有什么意外。"

隐士的确是累坏了，就躺下来，深深地打了个呵欠，很快就睡熟了。熊忠实地守候在朋友身边。

一只苍蝇落在隐士的鼻子上,熊连忙把它赶走。苍蝇又飞到隐士的脸颊上。"滚开,该死的苍蝇!"熊骂道。可是这时苍蝇又落到朋友的鼻子上去了,而且越发坚持要留在那里。熊一声不响,捧起一块笨重的石头,屏住气蹲在那儿。

"别吭气儿,别吭气儿!"熊心里想道,"你这淘气的畜生,我这回可要收拾你!"它等着苍蝇歇在隐士的额角上,就使劲儿把石头向隐士的脑袋砸过去,这一下砸得好准,苍蝇被砸死了,可是隐士的脑袋也被砸成了肉酱。熊望着被自己打死的老朋友,顿时愣在了那里。

大启发:熊出于好心帮它的朋友,但是它并没有想到会把事情弄得如此糟糕。紧急的时候得到帮助是宝贵的,然而生活中并不是人人都会给予你最恰当的帮助。交朋友学问很大,千万不能结交愚蠢的朋友,因为过分的愚蠢比任何敌人都要危险。

老鼠与狮子

老鼠原来住在靠近墙角的一个土洞里,但是前几天的一场大雨将这个洞冲毁了。没有办法,老鼠又找了一个安身之处,就在距离狮子大王不远的一棵树底下。自然,这事儿要先征求狮子同意,老鼠鼓足了勇气,来求见狮子大王。

由于感觉到自己十分卑微,老鼠在狮子面前几乎头都不敢抬,低声下气地恳求狮子,求它准许自己住在附近的一棵树底下。老鼠恳求道:

"在我们整个森林里,您是最强大的,最赫赫有名的。我敢保证,谁也没有狮子大王力量大,您只要大吼一声,所有的野兽都心惊胆战。然而,生活中保不住会有什么意外的事情发生,您也可能需要别的人为您效劳的。虽然我的身体很小,如果您能答应我的话,有一天您用得着我,我一定会竭尽全力帮您的。"

狮子好容易才耐着性子听完老鼠的话,不禁愤怒起来。

"什么?"狮子大声地喝问道,"你这个混账的小畜生,像你这样的小东西也配与我说话?还说要帮助我,我用得着你的帮助?这不是无稽之谈吗!该死的家伙,赶紧给我滚开,再不滚开,你就完蛋了!"

老鼠吓得魂飞魄散,失魂落魄地拔起腿来跑了,它选了个新的地址安了家,离狮子远远的。

然而,狮子大王骄傲自大,不久就得到了报应。有天夜里,狮子出去找点儿可口的食物来充饥,回来的时候没有找到原来的道路,误闯入了猎人设的罗网。自认为力量无比的狮子不论怎么撕,怎么扭,也冲不破结实的罗网,猎人已经牢牢地把它逮住了。好多小动物都出来观看,尤其那只小老鼠也在里面,这让狮子丢尽了面子。得意的猎人把狮子关到了笼子里。

一切都发生得这样突然,其实狮子被网住时,小老鼠用它那尖利的牙齿是完全可以咬断网绳的。然而已经太晚了,谁让狮子曾经那么轻蔑地拒绝老鼠的建议呢?

大启发:狮子自恃强大,以为无需小老鼠的帮助,于是对待老鼠尖酸刻薄,不当回事儿。但恰恰是这种自大的心理才毁了自己。有句话叫"弓满则断",说话也一样,说得太满就很难有回旋的余地,那承受其后果的只能还是自己。

说 谎 的 人

城市里住着一个年轻人,几年前年轻人受家庭资助到外国去读书,没学多久就回来了。这一天,年轻人跟他的朋友一起在田野里散步,边散步边就他曾经到过的地方大吹而特吹,真话只有一点儿,假话可掺杂了不少。

"我所看到过的东西,简直太神奇了,简直让人无法相信!你们这个地方算得了什么?夏天太热,冬天又太冷,你们这儿的四季都不对头儿,起初是冬天的雪遮住了阳光,然后夏天的阳光又太猛烈,叫人受不了。

啊,国外那边简直是地上的天堂,回想起来真是叫人神往,不用穿皮衣服不用点灯,没有黑夜,只有无穷的白天,一年四季都跟五月里一样。这里可真苦啊,要是能够看到那儿生长的东西就好了。比如说有一次我在罗马看到一条黄瓜,天哪,我终身忘不了那景象,一点儿也不假,它简直跟山一般大!"

他的朋友听了不禁吃了一惊,但是已经知道,身边的人在吹牛,不过还是很平和地说:"天啊,真是太神奇了!可是——"这位朋友接着说,"不过这里也有很多的奇迹,虽然并不见得人人都以为奇。我们两个也正在向着一个奇迹走去,这事你可能还不知道,我可是觉得它真是一个奇迹。你瞧那边,小河上有一座桥,我们一会儿就要经过那座桥。虽然它看上去很平常,但它有一种特性,没有一个撒谎的人敢走过这座桥,因为只要是撒谎的人走过,还没走一半就要摔倒,而且还会一个跟头栽到水里去。不撒谎的人呢,坐了四马大车也可以安然通过。"

听了朋友这么说,年轻人有些惊慌,于是就问:"真的吗?下面的水有多深?"

"不深,也就8尺多深吧。哦,我的朋友,你刚才说你瞧见了十分新奇的事。黄瓜有大山那样大,好像你是这样说的吧?"朋友追问道。

"是像山那么大,但是,是的,就跟小山差不多,或者——或者说是跟屋子一般大吧。"他的话有些支吾。

朋友继续说:"哦,原来是这样,我承认它是奇怪的,然而我还是觉得我们这里的那座桥奇怪,就在前面一百米的地方。因为它竟然不让撒谎的人平安通过。你知道,就在今年春天两个新闻记者,还有一个裁缝就从桥上栽下去了,全城的人都知道这件事情——你的那条黄瓜,真的有一间屋子那么大?哦,如果真是那样的话,可是件奇怪的事儿。"

这回爱吹牛的家伙有些支撑不住了,"哦,并不像你所设想的那么奇怪。一间屋子,你看来很大,你别以为是跟我们这儿一样的高楼大厦,那儿的一间屋子,多大呢?也就一也就够两个人刚好爬进去么,可不是吗?两个人能进去,但不能站直也不能坐了,对对,就那么大!"

"就算这样吧,可以容得下两个人蹲在里边的房子,你把这么大的黄瓜当作奇迹,决不能算错误——然而我们的这条桥啊,撒谎的人试验过,走了三四步,就会栽在水里——你的那条黄瓜真的也是很奇怪的……"

"嗳唷，"爱吹牛的家伙嚷道，"我不明白我们为什么一定要从桥上走过去，我们何不找个船摆渡过河呢?"

大 启 发：撒谎本来就是一种不好的习惯，没有必要的撒谎就更不可原谅了，俗话说："纸里包不住火"，任何谎言都是经不起时间考验的，一旦谎言被识破，尴尬的只能是撒谎人。正像寓言中的那个撒谎的家伙，他的谎言一点点地不攻自破，欲盖弥彰，他甚至心虚得连桥也不敢过了。

大富翁和鞋匠

在一座大城市里，有一所非常漂亮的大宅子，宅子里住着一位非常有钱的大富翁。大富翁的生活非常奢侈，他的食物又精美又珍贵，名贵的糖果和糕点享用不尽，简直可以说他的家是地上的天堂。

然而世上没有十全十美的事，对于富翁来说，这些奢华的享受都是白费，因为他得了一种非常难受的病，晚上睡不着觉，整夜的失眠。无论是医生还是他自己都找不到失眠的原因。也许是因为他害怕上帝威风显赫的审判，也许是因为他成天担心破产。不管怎么样吧，缺少睡眠简直把他害苦了，碰巧早晨能打上个瞌睡吧，隔壁人家却总是传过来一阵阵歌声，这又使他的睡意在瞬间消失得无影无踪。

隔壁住的是一个穷苦的鞋匠，鞋匠没有多少钱，却过得很快活，是一个爱笑爱唱的家伙。他从早到晚，歌唱个没完没了，所以可怜的大富翁从来没有片刻的安宁。难道没有办法?好像没有。禁止唱歌吗?谁都明白，那可不成!在这个王国里，谁也没有权利限制别人唱歌。他请求过，可是请求也没有用。他想来想去，想出了一个办法。他叫人送去一封信函，邀请鞋匠来豪宅里作个短短的谈话。

"老兄,日子过得怎么样,买卖好吗?"富人问鞋匠。

"我的买卖嘛,还不错。"鞋匠笑呵呵地回答。

"那么,这就是你整天笑啊唱啊的缘故了?我想你的生活一定一帆风顺吧。"

"我不愿意叫苦连天,叫苦连天就是缺乏自信的表现,也是缺少自尊的表现。我平常有许多不错的活儿可以做,而且还有一个年轻漂亮又可爱的老婆。人人知道,家里有一个宝贝,生活就加倍地愉快。我觉得我过的是人间最快乐的日子。"

"你能挣很多钱吗?你能成为富翁吗?"

"不,可是虽然我攒不下钱,却也省掉不少麻烦事。"鞋匠答道。

"那么你就不想成为一个富翁,看到你的家业兴旺吗?"

"我说的可完全不是这个意思。虽然我对目前的生活水平还算满意,但是,先生,你自己也明白,哪个人不想多挣点钱,哪个人不想成为富翁、生活得更好一点呢?这也是人的天性嘛。我敢说,你自己还是觉得你的财富太少。说到我呢,发点儿财倒也无妨。确切地说,应该是求之不得。"

富翁看到鞋匠眉飞色舞的表情,于是顺水推舟地说:"说得好,我的朋友,你说得有理,虽然大富翁的生活也有不如意的地方,虽然我们知道贫穷也不是什么罪过,可是不管你怎样安贫乐道,钱财总是有它的用处的。请你收下这一口袋的金钱,我喜欢你的诚实,如果你能够借助于我而发家致富,那将是我再高兴不过的事了。可是你得注意,你一定不要浪费啊,而且要留神,要留着它到急需的时候再花。这是50块金洋,就放在口袋里。"

鞋匠心里顿时乐开了花,拿起钱袋就不见了人影儿了,他简直不是跑,而是飞出去的!他把钱袋紧紧地藏在外套里边,当天夜里就把它埋在地板底下。

这一埋不要紧，以后的日子他的一切快乐仿佛也一块儿被埋掉了。他的睡眠渐渐消失了，他整夜闭不上眼，一有风吹草动他就心惊肉跳，一点儿声音他也害怕。如果猫儿、狗儿抓抓地板，他就断定是盗贼在挖壁洞了，他立刻就会浑身发冷，从床上直跳起来竖起耳朵细听！

鞋匠的生活就这样被钱牢牢地控制住了，生活不再像以前那样轻松了，所学的手艺也一天天地荒废了。出去散散心吗？他不敢，因为，他怕自己出去后，会有人来挖他家的地板。从此，他家里再也听不到歌声了。

鞋匠想了又想，生活为什么变得如此寂寞？他终于想到了原因。他挖出了钱袋，再一次来到他的富翁邻居家。

"我很感谢你的馈赠。"他说道，"你的钱袋在这儿，我请求你，请你把它收回去吧。它让我知道财富是怎么一回事儿，财富并不能让我快乐，相反，却让我睡不着觉，吃不好饭，整天提心吊胆的。随你的心意享受你自己的财富吧，为了财富而丢掉歌唱，丢掉快乐，哪怕给我一百万金币我也不干！"

鞋匠把钱袋还给了富翁，又去过他的清贫而快乐的生活了。

大启发：富人有钱，但是生活得并不幸福，鞋匠虽然贫苦，但是很快乐。这则寓言告诉我们，富有与快乐是两回事。虽然富有可以让人快乐，但是富有是取代不了快乐的，弄不好，钱财将成为累赘。

狼 做 总 督

　　森林里，狮子当然是大王。不过让它自己来掌管所有的事，未免太不现实了，于是在大王下面还设有总督，负责掌管大大小小的事务。话说总督的权力也不小，有奖惩、生杀的大权，这样的位置可必须由公正无私的人来担任。

　　狼在森林里是狡猾出了名的，而且名声也不太好。可是它对总督的位置却垂涎三尺，而且执意想要做羊群的总督。狼为此煞费苦心，靠着和狐狸的交情，让它极力举荐自己。狐狸真的跑到狮子大王那里大大地吹嘘了一通，狮子大王似乎被说动了，但是它心里也在犯愁，狼以前的名声太不好了，让它当总督行吗?为了稳妥起见，狮子大王决定开一个兽民大会，在会上广泛征求大家的意见。

　　森林里所有的野兽都召集齐了,狮子大王提出了狼的任职问题,野兽们一个一个地发言。

　　老虎说:"狼的名声是不大好,但刚才狮子大王不是说了吗,狼有痛改前非的决心,我们也应该给它一个立功赎罪的机会,这样不挺好吗?"

　　豹说:"狮子大王讲了狼的种种长处,我很赞同,狼机警,奔跑快,会见机行事,当个总督够格。至于它以前干过的坏事,只要以后不干不就行了?"

熊接着说:"我同意它们的观点,谁没有缺点,怎么能要求一个人十全十美呢?"

接下来的发言与此大同小异,大家都认为,犯过错误,只要认真改正就是好同志。于是狮子大王宣布说:"狼从此被任命为掌管羊群的总督。"

狼听了这个消息,兴奋得手舞足蹈,但是羊家族听了,却非常沮丧。一位年长一点的羊说:"选我们的总督,为什么不与我们商量呢?为什么不召集我们去开会,听听我们的意见呢?让狼当总督,看来我们羊家族要厄运临头了。"

于是羊家族找到了狮子大王,要反映意见,但是狮子大王却不予理睬,理由是:"绝大多数动物都同意,区区羊家族的意见,又算得了什么呢?"

这样,狼当上了羊家族的总督。不用说,没过多久,羊家族就丢了不少成员,它们都成了狼总督的美餐。

大启发:狼去做羊的总督,简直不可思议。其实不用多言,狮子大王早就应该看出狼当羊家族总督的用心,偏偏不予戳穿,由于它的假公济私,害苦了羊家族。当权者们官官相护、狼狈为奸时,便是普通百姓苦难的开始。

大力士蚂蚁

有一只蚂蚁生活在大森林里,它能够轻松自如地背着两颗麦粒行走,据蚂蚁王国最老的长者说,这只蚂蚁是有史以来力气最大的。的确,它不仅力大无比,而且十分勇敢,能准确无误地一口咬住蛆虫,甚至还可以独自和一只蜘蛛作战。所以,它名声大振,无论走到哪里,身后都是一片赞扬声。

大力士蚂蚁有个毛病,听见了赞美的话就高兴,而这一片赞扬声几乎填满了它的整个大脑。它觉得,乡下的天地太小了,自己的才能完全施展不开,于是它准备到城里去一显身手,"要是在城里博得大的名声,那才叫伟大呢。"大力士蚂蚁这样对自己说。

机会终于来了,附近小村有一家人进城送干草,当草车经过的时候,小蚂蚁悄悄爬了上去,坐在赶车人身旁,像个大王似的很神气地跟着一起进城了。

在城里,大力士蚂蚁满怀热望,以为人们会以最隆重的仪式欢迎它,到处是鲜花和掌声。然而它完全失望了,那里没有人注意它,每个人都在忙着自己的事,就好像这只大力士蚂蚁不存在似的。

为了引起注意,大力士蚂蚁找来一片大大的树叶,在地上耍来耍去,只见树叶上下翻飞,大力士蚂蚁上下跳跃,可还是没人注意它。它失望极了。它发现旁边有只猫，可那只猫只是在等它的主人，并不是在欣赏它。

它忿忿然地对猫说："你们城里真不讲情理，我这么大本领，认真地表演了那么精彩的武艺，为什么没有人鼓掌，甚至没有人看我一眼？你们知道我是谁？我是我们蚂蚁王国最伟大的大力士。如果你跟我走一趟，你就会知道，我在家乡是多么有威望！"

大力士蚂蚁费尽力气讲了这么多，猫儿只是冷冷地看看它，就像听一个根本不存在的神话一样。

大力士蚂蚁无话可说了，它偷偷地溜回了家：这回它变得聪明了一些，再也不出去炫耀了。它知道，自己的能力真的有限，所谓的大力士，也仅限于在蚂蚁王国的范围里。有了自知之明，它便每天安分地为蚂蚁王国做力所能及的事。

大启发：蚂蚁以为在狭小的王国里自己力气最大，就可以向世人炫耀了，殊不知山外有山，人外有人。这则寓言告诉我们，在生活中，我们要正确认识自己，不可以骄傲自大。

鹰 和 蜘 蛛

一只老鹰在高加索山脉的最高峰上自由地翱翔。

老鹰的头上是澄澈的天空，也许它已经飞得很远了，有些累了，于是它便停在山上一棵老朽的杉树上，欣赏着眼底下一片秀丽的景色。远处有曲曲折折的河流蜿蜒着穿过草原。近处，广阔的森林和牧场透出了春天的绚烂。更加遥远的是海里的怒涛，黑沉沉地贴在天边上，给人一种神秘之感。

鹰对这美丽的景色陶醉了，于是高声说道："主宰天地的宙斯啊，你给了我这么大的力量，使得我的翅膀要飞多高就能够飞多高，而且让我能俯瞰全世界的一切美丽景象。"

老鹰在尽情地抒发着自己的感情，然而从树丛中却传来了反对的声音："天啊！世界上竟有这样吹牛夸口的家伙吗？"老鹰回过头找了半天，才在一条小树枝上看到了一只相貌丑陋的蜘蛛。只见它又接着说："喂，老伙计，你得承认现在我坐的这个位置不比你低吧。"

鹰向那边儿瞧去，蜘蛛正把它银丝似的网儿越织越大，它跳过来跳过去，仿佛要织得把照在鹰身上的阳光也挡住似的。

老鹰感到很惊奇，这只蜘蛛是怎样到达这么高的地方的呢？于是问："可是你，你怎么到这么高的地方的？要知道，那些可以飞得很高很高的鸟类，也根本不敢上这儿来啊。你这么弱小，又没有翅膀，怎么上来的啊?爬上来的吗?”

"我可不敢爬上来,再说我也没有那么大力气爬那么高。”

"那么告诉我,你究竟是怎样上来的?”

"你瞧,我就粘在你的身上,你自己把我带到这儿的啊!我坐在你的尾巴上。可是现在呢,不用你帮忙,我也能站稳脚步了。所以当你跟我说话的时候,你得恭恭敬敬的才对。要不然我会对你提出批评的。我现在的地位可不一般。你要知道,我——”

可是,就在这时候,一阵突如其来的疾风,把吹牛皮的蜘蛛远远地刮到下面的山谷里去了。

大启发:实际生活中,一些人和蜘蛛是一模一样的,他们既不勤奋,也无谋略,但有时候却借着某种机遇,跟在大人物的后面爬起来了。他们挺起胸膛,得意忘形,仿佛有胜过大人物的本领似的,然而一阵风吹来,他们就像蜘蛛一样,连同蛛网一起完蛋了。

守 财 奴

一个妖精不知从哪里搞到了一批贵重的金银财物,为了不让它们丢失,它把这些金银财物埋藏在地下。它一直精心地看护着,生怕有人挖走。还好,过了好长时间,一直也没出什么问题。

一天,这个妖精接到了魔鬼大王的命令,魔鬼大王要它越过大海和陆地,作一个长距离的飞行。要知道,像这样的差使,任何一个魔鬼都不想去做,何况这个妖精还有金银在地下呢。然而不管本人乐意不乐意,既然是魔鬼大王的命令,就一定要执行,不然就会受到严厉的处罚。

妖精十分苦恼,始终放心不下。怎样确保金银财物的安全呢?谁可以万无一失地把它看管好呢?把它锁起来,雇一个人看守?不行,那太费钱了。就这样随它去吗?也不行。一定会丢失的,金钱是逃不过坏人眼睛的。

妖精伤了好多的脑筋,才想到了一个办法。它有个房东是个吝啬的守财奴,凭多年的经验,它判定,一个极为吝啬的守财奴是不会轻易动用钱财的。妖精带着全部金银财物,在出发之前去找守财奴,跟他说道:

"亲爱的房东,我今天刚知道我得离开家到外国去。我和你一向处得很好,作为朋友,我要送你一些东西,我希望你不要拒绝。

随你老人家高兴,吃啊,喝啊,这些金元你可随意花费。当你入土为安的时候,我就回来当你的继承人,我只有这么一个要求。说到这一点呢,我还希望你长命百岁呢。"

房东被妖精的话语打动了,于是妖精就出发了。魔鬼大王交给它的任务并不轻松。10 年过去了,又是 10 年过去了。妖精完成它的任务后,就回到了阔别 20 年的故土,回到了日思夜想的家。

走进了守财奴的家门后,妖精高兴得快跳起来了。全部的金银原封未动,守财奴靠着金柜饿死在那里,手里还紧紧地握着钥匙。妖精真是难以抑制自己从内心迸发出的喜悦,这样一分钱没花的忠实看守者,真是走到哪里都难找啊。它从皱缩的饿瘪的手指中悄悄地取出了钥匙,拿到了财宝。

大启发:在肯定妖精的精明的同时,我们也不能不为守财奴叹息。钱财只有消费才发挥出它的价值,守财奴因为吝啬竟然饿死,命都没了,要财何用。这种糊涂人,实际生活中也不乏其人。现代社会虽然不提倡过度消费,但绝不提倡财比命重的做法。

梭子鱼吃老鼠

池塘里住着一条非常好动的梭子鱼，它每天吃住在池塘里，长时间下来，它觉得自己的生活很单调。池塘边上住着一只快活的猫，梭子鱼与猫交上了朋友。听到猫讲外面的事情，梭子鱼感觉非常有趣。猫经常抓到老鼠，每抓到一次都会饱餐一顿。梭子鱼非常羡慕。梭子鱼常常这样想："要是跟猫一样，逮几只老鼠，那该多好啊！"

一天，梭子鱼终于忍不住，向猫说出了心中的想法。它恳求猫带它去捉一天的老鼠，说："猫兄弟，你可千万别一口把我拒绝掉，你在仓库里安排一下，带我去吃它一天！"

猫一听说这个事，头摇得像拨浪鼓似的，但是梭子鱼摇着猫的袖子一个劲地恳求。看到梭子鱼如此恳切，猫也就答应了。

"行是行，不过你没捉过老鼠，你得先学习啊！"猫友善地说道，"我的小伙子，你可得留神啊，不然你倒会被老鼠吃掉的。"

"猫大哥，你这是什么话呀？我连池塘里最厉害的棘鱼都逮住了，怎会没有办法对付老鼠！"

"那么咱们走吧，但愿老天保佑你！"猫一边为梭子鱼祈祷，一边把梭子鱼带到仓库。然后猫出去了，梭子鱼自己守候在老鼠洞前等着老鼠出现。

猫儿在外面玩够了，吃饱了，它想起要瞧瞧梭子鱼是否平安无事，于是回到仓库。可是眼前的景象让它大吃一惊：梭子鱼躺在那儿，脸色苍白，嘴巴张着，眼睛肿胀，原来老鼠已经把它的尾巴吃掉了。

看到它的同伴这个模样，猫又是同情又是生气。"唉，就是因为不听我的话，结果怎么样，弄成了这个样子。胜任不了工作，就不要逞能。"猫儿一边说，一边把半死不活的梭子鱼拖回了池塘里。

最后，猫对梭子鱼说，"现在你知道了捉老鼠是多么危险了吧。做哪一行都不容易，以后要聪明点儿，捉老鼠的事还是让我来做吧。"梭子鱼点点头，感激地向池塘深处游去。

大启发：梭子鱼以为在水里捕食能够得心应手，捉老鼠就一定是小菜一碟，其实还差得远呢。我们每个人都应努力做好自己本职工作，不懂的事不要逞能。鞋匠做糕饼，厨师修鞋子，那就别指望有什么好结果。

有裂缝的水罐

印度有一个人,住在山坡上。家里用的水得到山坡下一条小溪边去挑上来,天天挑,习惯了也不觉得太吃力。印度人挑水用两个瓦罐,有一个买来时就有一条裂缝,而另一个完好无损。完好的水罐总能把水从小溪边满满地运到家,而那个破损的小罐走到家里时,水就只剩下半罐了,另外一半都漏在路上了。因此,他每次挑水挑到家都只有一罐半。这样一天天过去,过了两年。那只完好的水罐不仅为自己的成就,更为自己的完美而感到骄傲。但那个可怜的有裂缝的水罐,则因为自己天生的裂缝而感到十分惭愧,心里一直很难过。

两年后的一天,有裂缝的水罐在小溪边对用它挑水的那印度人说:"我为自己感到惭愧,我总觉得对不起你。"

"你为什么感到惭愧?"挑水人问。

"过去两年中,在你挑水回家的路上,水从我的裂缝渗出,我只能运半罐水到你家里。你花去了挑两罐水的气力,却没有得到你应得的两满罐水。"水罐回答说。

挑水人听水罐这样说,心里很难过,他同情地对它说:"在我回家的路上,我希望你注意,留神看看小路旁边那些美丽的花儿。"

当他们上山坡时,那个破水罐看见太阳正照着小路旁边美丽的鲜花，这美好的景象使它感到快慰。但到了小路的尽头，它仍然感到伤心，因为它又漏掉了一半的水，于是它再次向用它挑水的人道歉。但是挑水人却说：

"难道你没有注意到，刚才那些美丽的花儿只长在你这一边？那是因为我早就已知道你有裂缝，我是在利用你的裂缝。我在你这边撒下了花种，每天我们从小溪边回来的时候，从你裂缝中渗出的水就浇灌了花苗。这山上的小路很多，却不见有第二条小路像我们这条小路这样，有一边是开满了鲜花的，不是吗？"

大启发：寓言生动地描述了两个瓦罐的话语、心理：完好的水罐为自己的完美感到骄傲，而那个天生有裂缝的水罐则自卑、惭愧。我们在生活中也常常遇到这样的情况，有时我们会为自己与生俱来的优越感到骄傲，也会因自己的不足而自卑、惭愧。挑水人给我们的启示是："把裂缝变为美丽"。要有一颗美丽的心灵，善于发现别人的价值，好坏是可以相互转化的。有裂缝的水罐给我们的启示是：不要因为自己有某方面的不足而自卑，只要我们善于发现自己的价值，乐于付出，我们同样可以取得骄人的成绩。

挑剔的待嫁姑娘

有一个贵族姑娘，年轻美貌，才智过人。想要结婚，这没有什么错儿，错的是她挑剔得厉害。未婚夫一定要天资聪明，诚实可靠，又要出身高贵，立功扬名，而且还要正当年轻力壮。还有一个条件，那就是未婚夫要一心一意地爱她，不得有半点儿嫉妒吃醋。她的要求实在过分了，她要的简直是十全十美的人才，然而世上哪有这么十全十美的人啊?

幸好，她长得与众不同，所以出类拔萃的求婚者天天登门求爱。但是临到她选择的时候，她又使劲地吹毛求疵。别的姑娘遇到这样的小伙子，会认为自己幸运，可她却没有把他们放在眼里。她刻薄地说:"没有一个求婚者配得上我。这可怜的一大群人没有一个能让我中意。有的缺少声望，有的缺少地位，有的声望与地位齐全，可惜又没有钞票，有的鼻子太扁，有的眉毛可笑……"这样不好，那样不对，总而言之，没有一个男人能使这位小姐称心满意。

这批求婚者不再来求婚了。一年过去了，又是一年过去了。

过了两年才有第二批求婚者出现。已经是二等人才，越发不讨人欢喜。于是小姐骂道:"这些蠢材，都是什么东西?"目空一切的小姐嚷道:"他们配得上我吗?他们可打错了主意!两年前被我回绝的，要比他们高明得多哩。难道我会嫁给这些凡夫俗子吗?真是天晓得。他们说我急于嫁人,我可没那么傻,我喜欢我的姑娘生活,轻松愉快。我晚上睡得挺香,白天又笑又唱。这样随随便便地出嫁,那才丢脸呢。"

听到这样拒人千里之外的话,小伙子们就更没有积极性了。于是这一批人也走了。一年过去了,谁也没有上门。一年又过去了,还是没人来,又一年过去了。唉!为什么男人们不来求婚呢,这位姑娘现在有点儿老了,整天没事可做,她细数着青春时代的女伴:有的早已经结婚了,有的快要结婚了。她逐渐明白:大家已经不理会她了。

美丽的姑娘开始憔悴了。瞧啊,镜子毫不掩饰地告诉她:时光的手正在一天复一天地,一点儿又一点儿地,带走她的美丽。起初是脸上红晕消退,接着是眼睛失去了神采。现在呢,苍白的脸上美丽的酒窝不见了,快乐和活泼仿佛都消失了,头发里还透出几根白发,不幸从四面八方逼来。过去,舞会是她的天地,为她着迷的人在她的周围推挤不开。可是现在呢?唉,不过是随便问一句:"你玩不玩牌?"这个骄傲的人儿再也不藐视粗鲁的男子,理智命令她,可以出嫁就出嫁吧。此刻,她的傲慢已经烟消云散了。

虽然姑娘们用苛求的眼睛瞅着男人,她们温柔的心总是为他们说好话。怎么?独身一辈子,独身到死?她不肯,真的不肯!她决定:要趁着时光还没有让她过分衰老,找个终身的伴侣。于是,接下来第一个向她求婚的人并没有费多大心思,老姑娘就心满意足了。是的,她的确心满意足——嫁了一个不可救药的残废的男人。

大启发:这则寓言向我们阐述了这样一个道理,机遇不可以随便失去。机遇不会在我们后头驻足,当机遇摆在面前,如果不及时抓住,它就再也不会回来了。"机不可失,时不再来,"这句古话说的正是这个道理。

鹰 和 蜜 蜂

春天里，田野上各种花都开了，红的、粉的、绿的，远处看可真热闹。一只忙碌的蜜蜂，不停地从这朵花上飞到那朵花上，它要用采来的花粉酿出最甜的蜜，奉献给人类。

一只老鹰正好从这里飞过，它看见这只蜜蜂全神贯注地在一朵大花里工作，不禁笑出声来，它瞧着蜜蜂，鄙夷地说道：

"你不觉得这样做，自己太辛苦了吗？你本可以活得快乐、逍遥、自在，但是像你有着这么好的智慧，却做着这样辛苦的工作，真叫人同情啊。你们成千累万的蜜蜂，整个儿夏天都在花丛间飞来飞去，在蜂房里忙忙碌碌，但又有谁能看到你们的工作呢？看到的人都这么少，那么赏识你们的人岂不更少吗？我真觉得奇怪，你们怎么会愿意辛苦一辈子呢？辛辛苦苦，又有什么指望呢？还不是在无声无息的蜂群里无声无息地死掉！"

蜜蜂好像没听到鹰的讲话，仍然默默地采着花粉，它从一朵向日葵上飞到了一朵菊花上，嫩嫩的花蕊上满是花粉。鹰见蜜蜂没理它，于是故意提高了声调，加强了语气对小蜜蜂说：

"我和你们相比，可真是天壤之别。当我飒飒地展开翅膀，自由自在地向上飞翔的时候，其他飞禽不敢接近我；牧羊人也要格外地看好附近吃草的羊群；脚步矫捷的鹿儿，见我在飞翔，它就不敢露面了。我是多么的威风!"

一直在忙着采蜜的蜜蜂被鹰的这番话惹烦了。"光荣和名誉归于你,大英雄!"蜜蜂说道,"愿老天爷继续把神圣的洪福赐给你!然而我啊,生来就是为大家服务的。我不奢望有你那么大的威风,我觉得我所做的一切都是应该的,当我瞧着我们的蜂巢的时候,看到在许多蜂蜜中间有一滴是我自己酿造的,我就心满意足了。"

蜜蜂说完,又飞到另外一朵花上,继续着它的工作。那只骄傲的老鹰思索着蜜蜂的话,半天没有再吭声。

大启发:出头露面固然是好事,因为他所做的事情世人都知道。然而,另一种人更值得尊敬,他们默默无闻地在漫长的日子里辛苦地劳动,不图名利,他们的工作对社会、对人民带来实实在在的利益,他们的品格最崇高。

不幸的农夫

一个秋天的夜里，天非常的冷，也非常的黑，人们早早地上床休息了。一个贼爬进一个农夫家的围墙，他小心地打开了储藏室，把储藏室里四壁之内，天花板以下，地板上面的各式各样值得偷的东西都偷走了。这个小偷可真是不挑剔，将储藏室里的东西席卷一空，什么都没留下。再说这位农夫，他睡下去时还十分富裕，可是一觉醒来时他便成了个穷光蛋，他简直要挨家挨户地去要饭。遭遇这样残酷的浩劫，农夫也真够倒霉的了。

可怜的农夫，呆坐在家里闷闷不乐、唉声叹气。没办法，生活总得继续下去啊。于是他把他的亲戚朋友和邻居，统统请到了自己的家里。他要他们帮忙，过去农夫可是没少帮他们，他们总不至于见死不救，忘恩负义吧。农夫这样想。

所有的亲戚和朋友都来了，得知此事后，都表示极大的惋惜。农夫对他们说：

"我遭到了这样的打劫，的确很不幸，"他说，"现在，我的家里什么都没有了，诸位能不能慷慨帮助一下，让我渡过难关？"

于是客人们就大发高论，每个人都在谈论这件事。

"我的可怜的朋友，我的可敬的朋友，"老张作了一番演说，"你不该对全城的人吹牛，不该夸大自己的财富，你说你有钱，当然贼会找你麻烦了。"

堂兄弟小王插嘴道:"以后啊,你真得放聪明点儿,把储藏室造得和住宅靠近点儿。这样,即使有小偷来偷,也不至于听不见吧。"

"储藏室吗?这说得可就有点离谱了。"邻居老李反驳道,"绝不是储藏室离得太远的缘故,我倒觉得,这里应该养几条凶狗。有它们守着院子,看谁能进来?我的好邻居,你到我家里来,我给你挑选一条小狗。你知道,就是老黑狗生的那一窝,我乐意割爱,为你挑一个最壮的。"

总而言之,忠告是不花钱的,亲戚朋友们都给了这位农夫千言万语,实际的帮助呢,可怜的农夫却一点也没有得到。

大启发:世间的事往往如此。人遇到困难,把朋友们找来,把厄运说一遍,就可以得到温和的、直率的、各种各样的忠告。可是一提起积极的实际援助——刚一开口,平时最好最亲密的朋友往往都装聋作哑了。

小 乌 鸦

草原上,一群羊正在吃草,这时天上飞来一只老鹰,老鹰突然向羊群直扑下来,刚掠过地面就抓走了一只羊羔。牧羊人想追赶老鹰,然而老鹰已经飞远了。

整个事情发生得那样突然,也那样迅速就结束了,但这一切都被一只蹲在树上的乌鸦看在眼里。这只初出茅庐的小乌鸦心里闪过一个念头,它觉得抓一只羊羔并没有什么了不起。

"老鹰看来也没什么了不起,这些老鹰,无论如何算不得勇敢,难道羊群里只有小羊羔吗?要是我啊,如果我高兴抢劫的话,我可要找个更加肥美的东西吃吃!"小乌鸦冲着天空不屑地嚷道。

说到这里,小乌鸦真的觉得自己肚子有点饿了。看到不远处的羊群,它决定试一下自己的本事——捉一只又大又肥的羊吃吃!

这只年轻的乌鸦飞了起来,它用贪婪的眼睛俯视着羊群,它打量着每一只小羊,每一只母羊,每一只公羊。把所见到的羊加以比较,它终于挑中了一只公羊。好一只公羊,长得最肥最大的公羊。"我要把这羊叼走,让那些凶狠的狼也羡慕!"小乌鸦这样想。

既然选中了目标,小乌鸦就加一把劲,准备袭击。它看准了,猛地往下冲,用尽全身的力气,准备抓住公羊的羊毛。然而当它接近公羊的时候,它才明白,它的确抓不住,也吃不消这只公羊。

更为糟糕的是,那公羊的皮毛很长很杂,质地粗糙,味道臭臭的。刚才由于用力过猛,小乌鸦撞到了公羊身上,翅膀左一扭,右一扭,身体却被长长的羊毛给缠住了。小乌鸦奋力地想挣脱,然而没有多久,它就叫喊着认输了,它自己已经成了俘虏!它勇敢的冒险举动就这样结束了。

牧羊人仔细地把它的脚爪解放出来,怕它跑掉,于是就把它翅膀的羽毛剪个精光,送给孩子们玩耍。最后小乌鸦惨死在了孩子们的手中。

大启发:同是偷羊,老鹰无事,而小乌鸦却被剪掉翅膀,惨死在孩子们的手中,这是小乌鸦好高骛远的结果,也是它不顾实际滥加仿效的报应。人世间的事情也往往如此,贪心太大自不量力地瞎模仿只会让自己栽跟头。

獾 和 狐 狸

有一次,獾和狐狸一起在山里散步。它们商定,要像知心朋友一样分享每件猎物和所有可吃的东西。狐狸知道,有个地方安置着一只捕兽器,上面挂着一块肉。它把獾带到那儿去,指着那块肉说:"瞧,我亲爱的侄儿,你聪明的叔叔把你带到一个多好的地方来啦,在这儿我俩可以美餐一顿。你比我机灵,你小心悄悄地走过去,我在这儿放哨,以防那安捕兽器的农夫突然袭击我们。"獾同意了,蹑手蹑脚地走到捕兽器旁边,小心翼翼地想拖走钩子上的肉,突然"啪"的一声,它的前脚被夹住了。它痛得直喊"救命啊!叔叔!疼死我啦!"狐狸赶快跑上来,它不是去救獾而是从容不迫地吃起那块肉来。它一边啃,一边说:"再忍耐一会儿。等我吃完这点肉,我就把你的前脚从夹子里拉出来。"

这时,獾发现自己上了狐狸的当,它猛地一把抓住狐狸的脖子。正好农夫也赶来了,老远喊道:"牢牢地抓住它,獾!我发誓,不动你一根毫毛!"

农夫杀死狐狸,剥下它的皮,对獾说:"你可以走了,你的皮值不到两个银币,而这张狐狸皮,我能卖到8个银币。"獾赶快跑掉了。

大启发：寓言《獾和狐狸》，发人深思，令人读完后不禁拍案叫绝。狐狸卑劣贪婪、不择手段的嘴脸被刻画得十分生动。在它看来，"君子协定"可以随心所欲地从口中说出，又可以从容不迫地加以利用。农夫以肉引诱它们，而狐狸却用獾的性命去换取那块肉，当然，还少不了一番好话。若把那块肉放在它的价值天平的一端上，另一端的信用和性命肯定会被翘得老高，这就是它眼中诚信的价值。这个故事反映出这样的人生道理：人的灵魂在自私自利的思想驱使下，会发生曲折变化，我们不得不每时每刻引起注意，提高警惕！

狮牛决斗后记

自从牛独自战胜20头雄狮之后，牛就成了人们心目中的大英雄，社会上开始流行一句话：牛的屁股摸不得。可见牛的威风！

为了增加收入，动物园领导决定把牛养在狮子园里，以便吸引更多想观看"牛狮之战"的人掏腰包。牛自然是成了"座上贵宾"，每天吃香喝辣，还有专业营养学家为之调理的食谱：早上，一大桶牛奶，外加半桶香喷喷的燕麦。中午，莲子桂圆八宝粥一桶。饭后喝点"金牛牌"补血冲剂，以便使牛更加"血气方刚"。晚餐：这就更玄乎了，一般是摆出几十盆佳肴，随牛选择，饭后还有一大桶人参汤。

狮子呢？自从战场上失利后，生活也就不那么顺了。没有谁再把它们看做兽中之王了，也没有人来侍候着它们了，它们在牛的手下战战兢兢地过日子，还得花时间去捉动物吃，偶尔还得向牛进贡。真是可怜的狮子呀！

慢慢地，动物园里的动物渐渐少了，就连从非洲运来的那条巨蟒也不翼而飞了。这是为什么？饲养员们都急了，以前可没有过这种情况呀！调查人员不久就弄清楚了，原来是狮子把它们吃光了，这可恶的老狮，以为它还是百兽之王可以为所欲为吗？

很快，动物园领导的批示下来了："这样的狮子，留它何用，杀！

但考虑到职工奖金问题，还是决定再来一场'牛狮大战'，让牛来处死它。"唉，可怜的老狮子！

这一天很快到来了，园里真是人山人海。狮子也意识到了什么，一早就在园子角落等着了。只见牛穿金戴银、排场十足地出场了。它轻蔑地对角落里的狮子哼了一声。不料，就在一瞬间，狮子全身的毛都竖了起来，猛地大吼一声，向牛冲了过去。在这千钧一发、每个围观的人都在大声叫好时，意想不到的情况出现了，牛被吓得腿脚发软，根本跑不动，狮子跃上去一口咬断了它的喉咙。

动物园领导看到这场景，先是一惊，继而大喜："快！把营养专家叫来，马上给狮子配食谱，改善狮子的生活条件，怎么能让百兽之王住这地方……"

大启发：牛和狮子两次决战的两种结果的对比，实为作者对社会对人生的深刻理解和感悟，在看似简单的故事情节中蕴涵了极其深刻的哲理，向社会提出了发人深省的警示：什么样的强者才是真正的强者。形象地讽喻了现实社会中的某些现象。

香烟被审记

最高人民法院今天审判了一件令世界人民震撼的事件，每天毒害人们的香烟被送上了被告席。

审判从早上 8:00 开始，听审席上坐满了人，都在关注着这一事件，突然从门里走出一位满头金发的香烟，显出得意的样子，随后，陪审团、法官都依次就位，现在审判正式开始。

首先由法官宣布开庭："传证人肺先生。"当肺先生走出来时，香烟却说："肺有个屁用，还照样被我吞灭。"肺先生看了看香烟没有说话。法官这时说："肺先生你的口供可以作为判定香烟的罪证。"肺先生发话了："香烟的危害太大了，不仅损害了自己还给人们生活带来不便，使我每天都不舒服，还得了病，实在不好，我请求法官将这种毒物灭绝，还我们健康的身体。"法官听后，觉得应该判香烟有罪，但当香烟听到后反应却出人意料，立马就站起来说："我觉得我无罪，请法官仔细调查后再判决。"法官听后说："你有什么证据可以说明你无罪。"香烟听后便得意起来，随后说出："世界上大部分人都吸烟，而且有许多烟厂在私自生产香烟，我给人们带来轻松和舒服，使人们在疲劳后，吸上一根精神百倍，请求法官仔细考虑。"法官听了香烟的一次次为自己喊冤，觉得应该更进一步调查后再做出判决。

当法官宣布香烟无罪释放时,有些人为此高兴,有些人为此悲伤。香烟先生得意洋洋地走出了法庭。就这样,这件令人震撼的事件结束了。也许在多年以后,香烟还会被送上法庭……

大启发:文章以"法官宣布香烟无罪释放"结束,但又给人们一线希望:"也许在多年以后,香烟还会被送上法庭……"以独特的视角,挖掘出深刻的哲理内容:某些事不能一味地埋怨事物本身对人们的危害,人类应当审查自身。

小蜜蜂和小蝴蝶

经过了一个安静而又和平的冬天,大森林里终于有了春的气息,小荷才露尖尖角,小草才戴嫩绿帽,小河在清嗓子要唱歌,柳树刚被春风吹醒要发芽,大地妈妈被春雨叫醒打着哈欠……

动物们一个个出洞了,天气一天天变暖了,小荷的叶子大了,小草的个子长高了,小河的歌声更响了,柳树的秀发更绿了。森林里又迎来了一个春天。

动物们都忙起来了。青蛙弟弟要捉害虫,小蚯蚓娃娃要松土,鸭子妹妹要洗澡,公鸡哥哥要唱歌,老牛叔叔要耕地,啄木鸟医生要治病……

小蜜蜂和小蝴蝶也出来了!小蜜蜂开始忙忙碌碌地找鲜花,采蜂蜜,储存吃的。小蝴蝶却天天在花丛里跳舞、欢歌。

每天早晨,当太阳刚露出半边脸的时候,小蜜蜂就提着一个红色的小桶出现在花丛中了。它嗡嗡嗡地拍着翅膀,采集花粉。它每走到一朵花前,都有礼貌地向它们问好,经过它们的同意,小蜜蜂才开始采花粉。花儿们都非常喜欢小蜜蜂。每当它提着小桶飞来的时候,花儿们都笑着招手欢迎它。梨花姐姐还夸小蜜蜂为它传播花粉呢!蜜蜂听到这些夸奖,总是谦虚地笑一笑,又接着采花粉。汗水从它的额头流下来,小蜜蜂还是不停地工作。

蜜蜂天天辛勤地劳动,换来的是甜蜜的花粉,小蝴蝶可不一样,它天天在花丛中伴着温暖的阳光,乘着清风,跳着舞向小伙伴们炫耀自己的舞姿。一天晚上,当月亮从东方升起的时候,森林里的《庆新春》舞蹈晚会开始了。大家都坐在台下等着看节目。小青蛙坐在荷叶上,小喜鹊站在枝头上,小鸭子飘在河面上,小蜜蜂和它的伙伴们也来了。经过一段时间的准备,晚会终于拉开序幕。这场演出的主角就是小蝴蝶。它扇动着它那洁白的大翅膀,飞舞着,在天空中转着圈,轻盈地跳在台上,又冉冉飞起,它像被白云扶着,像一个美丽的蝴蝶仙子,又像无忧无虑的小天使,观众们简直看呆了,连天上的星星也不停地眨着眼睛。不知不觉的"骄傲"已经在小蝴蝶心底生根发芽了。

第二天,太阳懒洋洋地升起来了。小蝴蝶和小蜜蜂在小花园里碰上了。小蜜蜂很客气地对小蝴蝶说:"蝴蝶姐姐,你好,你昨天的表演太精彩了。"小蝴蝶听了它的话,更骄傲了。眯着眼睛说:"你也想跳哪?可惜你没有大翅膀。"说着抖了抖它那美丽的翅膀。小蜜蜂连忙说:"不不不,我并不想跳舞,我还有许多事要做呢!咦?我怎么没见过你采蜜呢?"小蝴蝶听了,懒洋洋地说:"这么多的花,我想吃花蜜,随时就吃,用得着采蜜吗?"小蜜蜂说:"冬天没花的时候怎么办?"小蜜蜂还正说着,小蝴蝶却哼着歌儿飞走了。

太阳还是东升西落,小蜜蜂还是从早忙到晚,小蝴蝶仍旧贪玩。渐渐地,天气冷了,花儿枯萎了,小蜜蜂天天吃着自己贮藏的蜜,快乐极了,小蝴蝶却无精打采的。这时小蝴蝶后悔极了,可是它已经奄奄一息了。这时它模糊地听见小蜜蜂的歌声:

"……太阳光,金亮亮,雄鸡唱三唱,花儿醒来了,鸟儿忙梳妆,小蝴蝶贪玩耍,小蜜蜂采蜜糖,幸福的生活从哪里来?要靠劳动来创造……"

大启发：勤劳朴实的蜜蜂和贪玩任性的蝴蝶揭示的道理是：劳动创造幸福生活。本文的语言非常有特色，清新优美，创造了一个如诗如画的意境，为刻画蜜蜂与蝴蝶作了很好的铺垫。在蜜蜂与蝴蝶的形象塑造上，作者成功运用了对比手法，对比得自然含蓄，水到渠成地把蜜蜂勤劳朴实的特点和蝴蝶贪玩任性的特点揭示出来了。

金鱼与泥鳅

条案上有两个鱼缸。一个缸里有白色的鹅卵石点缀,碧绿的水草在不时地摆动,一根通氧气的管子在水中时刻发出有节奏的声响,里面生活着一条快活的金鱼。而另一个缸里情景却不大相同了:半缸水半缸泥,黑黑的、浑浑的,浊水里一个小东西在不停地蹿来蹿去。哦!原来是一条快活的泥鳅。

一天,金鱼透过透明的缸壁与泥鳅见面了。"喂,泥鳅,你怎么成天都在那里蹿来蹿去,烦死人了!"金鱼开了它的"金口"。"金鱼大姐,请不要见怪,我天天这样游来游去,是为了锻炼身体,磨炼意志,适应恶劣的环境。""在那样的环境里还锻炼身体?你的兴致可真高呢!"金鱼鄙夷地说,"你看看你,个头不大,嘴也很小,却长着长长的胡子,实在难看;穿着灰溜溜的衣裳,真是让人恶心;天天喝着脏水,还在那里不老实,却美其名曰'锻炼身体'。""金鱼大姐,各人有各人的生存环境、生存方式,怎可强求?""我知道你的心情,这也难怪嘛!你看看我,一身金黄色的衣裳,天天有纯净的氧气供应,每天都喝着洁净的水,身材就更不用说了……哪像你,真是可悲!"

过了几天,主人出差去了,家里一连几天没有人。恰巧还停了电,没人给金鱼换水。等到主人回来时,那娇贵的金鱼早已一命呜呼了。而泥鳅望着肚皮浮在上面的金鱼不禁感慨起来："真是可悲!"说完又继续进行着它的常规训练。

大 启 发：处在优越的生存环境中，如果骄傲自满，贪图享受，不思进取，甚至讥笑奋斗者，那么他的下场只能是可悲的灭亡；而处在恶劣的生存环境中，如果奋力抗争，磨炼意志，自强不息，就会永远立于不败之地。

地球与月球

月球十分羡慕地球,地球也十分羡慕月球。

一天晚上,夜深人静,地球、月球兄弟俩开始了午夜对话。

地球说:"月球呀!地球人用那么多美丽的语言抒发对你的爱意,而我,却很少有人提起!"

月球说:"别这么说,你看你身上,被人点缀得五彩缤纷,绚丽多彩,在你身上,有无数的人陪伴着你,你是多么快乐呀!而我的身上,只有山丘和草原,我是多么孤独,我多么希望地球人能移居到我身上呀!哪怕不把我打扮得漂漂亮亮,有人陪我,我也就心满意足了!"

地球听了,摇摇头,继续说:"我这里已经人满为患了,我难道不希望他们移居你身上吗?听说过不了几年,陆地就会被海洋淹没了,可人却越来越多,已经有50亿人口在我身上繁衍了,光中国就有13亿人口,世界末日就快来了,我该怎么办?"

月球吃惊地说:"是吗?那陆地为什么这么快就要被海洋淹没呢?"

地球说:"一是地球板块运动,二是地球资源开发不合理,人们乱垦乱伐,在空气中排放对人体有害的气体,致使保护我的大气层受到严重污染。另外,人类也自食恶果,减少寿命,你说地球人是何苦呢!"

月球听了,说:"我看见一些地球人来为我拍照,在我身上也不扔垃圾,我以为他们多文明,原来他们在地球上是这副德性!"

地球气愤地说:"我储藏的煤和石油被人类不合理开发了,现在我的肚子差不多空了,未来的人类上哪弄这么多好东西去。唉,你说说,他们怎么这么没头脑呀!"

地球叹了口气,接着说:"他们正计划去别的星球住呢!"

月球听了,气哼哼地说:"我可不欢迎他们……"

黎明时分,兄弟俩看天快亮了,便终止了谈话。

以后,月球不再羡慕地球,可地球还在羡慕月球。

大启发:人口过剩、开采过度、乱砍滥伐等原因,地球已不堪重负,以致"月球不再羡慕地球,可地球还在羡慕月球",寓意深刻,发人深省。提出如此强烈的环境保护意识。

门和树的故事

有一座刚刚建成的小院,最引人注目的是那扇刷着红色油漆的门,油光闪闪的,在阳光下显得特别刺眼。经过这里的人都忍不住抬头看一下。

可是有一天,院子的主人买回了一棵小树,把它栽在门的旁边。在皎洁的月光下,远远望去,只有那棵小树陪伴着那扇门。门好像变得非常生气。突然有一天,憋了一肚子气的门恶狠狠地说:"你给我滚,不要你站在我的身边。"

"你是在对我说话吗?"小树轻轻地问。

"不是你还有谁,你这么矮小,如此难看,站在我旁边,有损我的光辉形象,你知道吗?"那门气急败坏了。

"不是我愿意站在这里,是我们的主人把我栽在你旁边的。"小树无可奈何地答道。

"呸,什么我们的主人,是我的主人,你才没有资格呢。"门更是目中无人了。

这时,小树委屈得想哭,想马上离开这里,到别的地方生存,但是主人并不知道这些。因此,小树三番五次地被门嘲弄。

小树就在这样的环境中一天天活着。几年后,小树长高了,身体也变强壮了。夏日炎炎,很多人都喜欢在这里纳凉休息。

而门呢,经不起风吹雨打,那红色早已变淡,漆也慢慢掉下来。它只能望着那原先被它瞧不起的树暗暗伤心。

最终,门被换成新的。

大启发:"门"的气急败坏、目中无人,"树"的忍气吞声、委曲求全。"门"和"树"不同的命运,揭示了人与人之间应该平等相处,宽容相待的道理。赋予平凡的事物以新意、深意。"门"与"树"从外形到性格,从处世态度到最终命运截然相反,而且它们各自前后境遇的不同也形成鲜明对比。对比手法的运用使得两个形象栩栩如生。

冻死的发明家

东斯是一只猫,一只最最聪明的猫。当然它也有缺陷,就是模样不太帅。不过俗话说:"猫不可貌相,海水不可斗量",像东斯这样绝顶聪明的猫,猫家族里要999年才能出现一个。

东斯的主人是个叫贾贸冲的穷困潦倒的矿工,他就住在一间又湿又脏的地下室里。东斯是只勤快的猫,夜晚抓老鼠,白天搞发明。它终于创造了一个奇迹:那天,主人收工后回到那间阴暗潮湿的地下室,发现一个异常精致的小屋模型。地下室光线太暗,贾贸冲把小屋模型拿到外边仔细看。它将模型上的一扇小门打开,面前顿时出现了一座简直无与伦比的大厦。刚巧有一个建筑家经过,于是惊为天人,失声叫道:"啊,本世纪最伟大的发明家,我寻找了几十年的偶像……"贾贸冲就这样稀里糊涂地获得了高额发明奖,住进了高楼大厦,还买了一只名叫西斯的漂亮的价格不菲的波斯猫。而东斯住进大厦还没一星期,主人就嫌他又脏又丑,在一个寒冷的冬天,将它赶出了家门。

东斯从此流落街头,成了一只乞丐猫,垃圾堆就是它的家。东斯想不通,它为主人创造了幸福但主人并不领情反而移情别爱,它,想找人问个明白,想找个能收留他的人。

东斯向一对情侣走去,嘴里"喵喵"地叫着。男的飞起一脚,女的开口便骂："这只又脏又丑的猫,找死不看地方,真是坏了好兴致。"噢,可怜的东斯!

东斯向一个小孩走去……

东斯向一位老人走去……

终于,在一个大雪纷飞的早上,人们惊奇地发现,垃圾堆旁坐着一只晶莹的雪猫,是那么的洁白那么的醒目,似一尊圣像。

据说,不少发达国家的科学家正在全力寻找近十个世纪里才可能出现的惟一的最高智商的猫。

大启发:东斯的悲惨遭遇讽刺了社会生活中的一些以貌取人的陈俗偏见,同时影射了社会上那些只看外表不看实才的不良风气。我们还可以从东斯的惨死中看到卖火柴小女孩的影子,从而激起人们对东斯的怜悯,加深对无情的社会现实批判。贾贸冲及其两只猫的命名都是采用谐音的手法,揭示人物的阴暗面或暗示两只猫的不同命运。

骄傲的朝霞

早晨,太阳还没出来,天边泛起红晕,美丽无比的朝霞在天边炫耀,她翩翩起舞的英姿和鲜艳夺目的色彩,引起了人们的注意和无限的遐想,人们赞叹道:"多美的朝霞啊!"朝霞在天上听了,心中多了几分惬意,得意洋洋地想:既然人们这样赞美我,我一定是宇宙中最美丽的了。

这时,美丽的大公鸡洪亮、高亢地唱道:"喔喔喔——"呼唤人们开始一天的劳作。朝霞听了,轻蔑地对他说:"喂,丑东西,你怎么叫不够啊,有本事别老躲在屋子里,跳出来,咱们比比美。"公鸡说:"美不在外表,而在心灵;你要比美,还是另找他人吧。"朝霞讨了个没趣,叹了口气,失望地俯瞰着大地。

地上的一簇簇鲜花,在微风中怒放,散发出芬芳,净化了空气,装扮了大自然,给人一种朝气蓬勃的感觉。朝霞看了尖声怪气地说:"哟!这个样子还配用美丽来形容?有本事咱们来比比,看到底谁美丽。"花儿彬彬有礼地说:"对不起,我们开放不是为了比美,你找错人了。"朝霞轻蔑地瞧了他们一眼,说:"说的倒好听,不是为了比美,那为啥辛辛苦苦地开放?"

"美丽的太阳,我们生命的支柱!……"一位诗人饱含深情地朗诵道。朝霞听了,轻蔑地一笑,说:"那圆家伙,有啥了不起,凭什么地球上的万物都赞美他、崇拜他?向日葵整天朝着他转,书呆子总是摇头晃脑地歌颂他……"太阳露出了半边脸,朝霞的颜色更加鲜艳夺目,也更骄傲了。

忽然,太阳从天边跳了出来,慢慢地升了起来。这时,狂妄自大的朝霞从人们的视野中消失了,消失得无影无踪。

大启发:朝霞与公鸡和鲜花的对话来对比衬托出朝霞的傲慢无理和狂妄自大,使人自然联想到现实生活中某些没有自知之明和自不量力之士,讽刺意味颇浓,寓意深刻。揭示了"虚心使人进步,骄傲使人落后"的道理。

感谢你, 贝少芬

　　我和贝少芬住在一个僻静的村子里, 从来没有接触过外面的花花世界, 因为她听不见, 出去不方便。

　　我们有着共同的爱好, 彼此的信任, 音乐是彼此生命不可缺少的一部分。更凑巧的是, 我们的名字也只有一字之差, 她叫贝少芬, 我叫贝多芬。《田园》交响曲是我们共同的奋斗目标, 也许是我们太过于求精, 一直都没有找到适合这交响曲的灵感。

　　今夜有流星, 我带着贝少芬去静静地感受。

　　"贝多芬, 我这一生是遗憾的。因为我没有听见过你为我演奏的乐曲!"贝少芬显然很失落, 抬头仰望着天空。

　　我也随之望去, 啊, 流星! 好多好多的流星雨散发在空中。

　　"贝少芬, 快许愿!"我激动地呼唤着。

　　一颗流星很快地下坠, 顿时化成了一位白衣仙子, 她的笑容令人陶醉:"我能帮你实现愿望。正如你说的, 只要三天。但这三天贝多芬必须代替你的缺陷。如果三天之后你不愿和他交换, 他将永远也听不见了。"

　　"我愿意, 贝少芬, 你终于能够听见了。"我想都没想一口应承了下来。

　　随着仙子愿望棒一挥, 果然, 周围那清脆的鸟叫声消失了, 小溪的流水声也不存在了。望望贝少芬，她整个沉醉在这一切中，捉住每一秒聆听世界。她没有叫我为她演奏，留给我的只有一张纸条：

贝多芬：

感谢你让我尝到了这世界的美所在。我决不会忘记这三天的快乐。现在我要去外面感受一下与众不同，三天后我会回来，等我！

贝少芬

从未看到过她这样快乐过，我一直坐在窗旁等着她，不是想跟她再交换，而是希望看到她发自内心的笑容。三天过去了，她没有回来，我不再坐在窗旁了。她答应过我两件事，一件是她说三天后会回来，她没做到；她还说一定要谱写完《田园》，也没做到。

几年过去了，适应了没有鸟叫水流的生活，最有成就的是我谱写完了《田园》交响曲。我把它寄往了城市，不知道当贝少芬听见我们的"誓言"时，她会有何感受。我很感谢她，如果我仍然可以听见，也许就不会用心去体会生活，也不会有《田园》的诞生！

大启发：本文的贝多芬借用了大音乐家贝多芬的某些经历，但又独立于历史上的贝多芬之外。自己虚构了一个时空，以此来表达作者对人生的态度及对诚信的思考，有对人生的思考，有对得失的思考，不同的人可从不同的角度看到不同的内容，得到不同的理解和启示。

锅 盖 和 水

热腾腾的炉子上搁着一口小锅，锅盖被勺子垫着，露出一个小小的缝儿。小锅里面的少许水被烧得不停翻滚着，跳跃着。可是跳得再高，水总是被结实的小锅盖稳稳地挡回锅里。水不高兴了，没好气地说："你这个平面丑八怪，为什么挡住我的去路。我要将火扑灭！"

"小兄弟，这话可不对，你想想：火那么旺，你自己又这么柔弱，怎能与火相拼呢？我在上面保护你，不让你跳到火炕中送死，你怎么还骂我呢？"小锅盖解释说。

"去，去，去，谁跟你是兄弟。"说着，就给小锅盖冲了满身的水，"你不要挡道，给我滚开。自古以来水就是火的克星，你知道什么？现在我要让炉子知道我的厉害。"

"火只怕你们家族，是不怕你个人的……"小锅盖不愠不火地继续劝告。

水越听越不是滋味，极不耐烦地吼道："滚开！别挡着我！"

"小兄弟，你会后悔的……"小锅盖还想说些什么，就在这时，一只大手将小锅盖掀起搁在了炉子旁边。

水嘲弄地看了一眼小锅盖，得意地在锅里翻腾起来，使劲儿地想冲向火炉，可是耗尽全身力气也无济于事。慢慢地水倒发现自己越转越快，越翻越高，简直有些不能自己，随着速度的加快，水又发现自己的身子在膨胀，身上的肌肉在不停地飞离身体。"这是怎么回事?天啊!"水急了，乞求的眼光瞟向了小锅盖，小锅盖无可奈何地摇摇头。水绝望了，"嘶嘶"地叹息着，一声比一声急促，一声比一声微弱……最后化作了水蒸气。

大启发：生活中的平常之物——锅盖和水，经过精密的思考，深刻挖掘其间的内部关系，展开合理的想象，通过平常小事来阐释深刻的道理——不自量力、逞一时之快只会自取灭亡，给读者以人生的启迪。

夕阳古道

日日年年，分分秒秒，时钟的指针在滴滴答答地走着，时光悄然无声地从指间滑走了。

我伸手想去挽住时间的脚步，但她轻盈地一跳，便在我身边滑出了好远。我跌跌撞撞地追赶她的脚步，我甚至可以感觉到她那飞扬的青丝在我脸际滑过，体味到她呼出的气息，清爽如兰。但任凭我怎样努力，却总也触及不到她，感受不到她那不可捉摸的心思。

我只是这样跑着，紧紧追随着她的脚步，不知疲倦，日日夜夜地向前狂奔，不眠不休，透支着我的体力。

终于有一天，我倒在了时间的身后，我痛苦地横在路边，一片孤独与悲凉在心头涌起。"我究竟是在做什么？我为什么向前奔跑，追随时间的脚步？"周围的空气似乎干渴得快要爆裂。我久久地伏在地上，不愿再动一动了。

忽然，一阵桂花的甜香飘过来。我挣扎着睁开双眼：是她！是代表沉醉与富足的享受。她笑吟吟地看着我，向我伸出了手，而我的大脑早已如短路般一片空白，然而又有一股混乱的逆流在心头乱窜，我不由自主地伸出了我的手。享受轻柔地将我拉起，为我掸尽身上的灰尘，为我拂去心灵的疲惫。看着她在我身旁忙碌的身影,心中不由地荡起阵阵感动,与她身上的桂香融在空气中,纠结成一个又一个美丽的结。

"跟我走吧!"她向我伸出手。

"我……"

"跟我走吧!"

"……可是……时间……"

"你为什么总忘不掉她,时间她一直在耍弄你呀!你那么辛苦地跟着她,你究竟得到了什么?难道我对你不好吗……我哪一点比不上她……"享受的肩膀在轻轻地颤着,一缕秀发在风中飞扬,泪滴透过她的指间滚落到地上,腾起一股尘埃。此时的我真想一把将她拥入怀中,为她拭干泪痕,但是我不能,因为我心中的那片天地是为时间留的。

"我……其实已经得到了时间赠与我的礼物,那便是在奔途中的伤痕和快乐。我忘不了她,她在我心中的地位永远是第一,所以……我……"

"好了……不要再说了……不要……"

"所以……我将会永远追逐时间的!"

"不要再说了……啊……"享受痛苦地颤抖着,她渐渐地消散开来,只留下那一股甜甜的桂香。

回过身,正准备继续追赶时间的脚步,却忽地感到了一阵兰花的清香扑面而来。我惊奇地抬起头,一幅极其经典的画面刻入了我的生命相册之中——

时间就站在我的面前,对着我静静地微笑,她披着夕阳赠予的金色彩霞,同身后古道上的那片金色交相辉映。

"跟我走吧……"一只不可抗拒的手伸到了我面前。

"……"

"谢谢你的选择!"

"我说的全是真话,真的……"

"还啰嗦什么,快走吧!"

夕阳下,余晖中,古道上,两个连在一起的身影在向前飞奔。

"为什么你要选择我?"

"因为我想把握你,把握住我生命的意义……"

大启发:人们对于时光的追逐永无止息。但是在奔途之中所得的却多是孤独和痛苦,一些人退缩了,有的前行者又遇上了富足与甜美的"享受",于是他们也放弃了。在这时留下的人得到了时光的微笑,与时光一起踏上奔途。这样一个故事引发了读者的思考,使每个读者不仅都要在各自心中思考自己的选择。

老山羊和狼

话说有一天，狼在山林里散步，忽然它看见一只小鸡在寻找食物，狼一个箭步向小鸡扑过去，小鸡连忙向陷阱旁飞去，狼一不小心就掉进了陷阱里了。它怎么爬也爬不上来。正好老山羊从这里路过，狼连忙打招呼说："好朋友!帮帮忙吧!"老山羊问："你是谁?为什么跑到陷阱里去了?"

狼装出一副老实的样子说："我是一只善良的狗啊!为了救一只掉进陷阱里的小鸡，我毫不犹豫地跳了下来，没想到再也爬不上去了。"老山羊听了，二话没说，便找了根竹棒把狼拉了上来。

上来后，狼觉得肚子饿了，于是对老山羊说："好朋友，帮忙帮到底吧!我肚子饿了，你可以给我找点吃的吗?"老山羊心地善良，听了这话，觉得也是，连忙去找吃的。老山羊找到了很多食物，狼狼吞虎咽地吃起来，狼吃完了，又说："好朋友，我肚子还有一点饿，让我吃了你，把肚子填饱吧!"老山羊听了，吓得连忙逃跑，狼在后面紧追不舍，老山羊跑到河边，狼向它扑了过去，可是一不小心，脚绊到了一块石头，狼一下子卷进了水浪之中，它大声呼喊："救命啊!救命啊!"老山羊说："你这个狡猾的家伙，我把你救上来，你还要吃我，现在不管你怎么叫喊，谁也不会来救你了!"

大启发：先是狼掉下陷阱后对老山羊谎称是为了救鸡爬不上来了，于是善良的老山羊把狼救了上来；再是狼被救上来后又说肚子饿，请老山羊帮忙找吃的，老山羊又一次满足了狼的请求；最后狼却要吃老山羊，结果在追赶时一不小心绊到一块石头上，被卷进了水浪之中。而这一情节的发展、变化又是合情合理的，完全符合老山羊忠厚善良，狼狡猾凶恶的性格特征，也告诫人们对那些坏人坏事和恶毒势力不要心慈手软。

一颗核桃和一座钟楼

乌鸦不知从哪儿弄到一颗核桃,它打从心底感到自己运气不错,喜滋滋地向钟楼飞去。它在楼顶上停稳,就用一只爪子紧紧按住核桃,嘴壳"笃笃笃"地狠劲儿啄那圆不溜秋的硬家伙,想要把硬壳啄开,吃里头那美味的果仁。可不知是用力过猛呢,还是它没啄对头,反正是核桃"吱溜"一下从它爪下滑开,滚了下去,落进一条墙缝里不见了。

"啊,好心的墙啊!你生来就是保护他人的!"被乌鸦的嘴啄得魂飞魄散的核桃可怜巴巴地对墙说,"你别让它把我啄破,别让它把我吃了,求你可怜可怜我!你这样的坚实牢固,这样的雄伟壮观,你有这么一座漂亮的钟楼。请别赶走我!"

从大钟沉洪的声音中,已经可以听出它的主张:墙不宜将核桃收留在自己怀中。它劝告高墙:别信这核桃,因为它对高墙是一种危险。

"请别赶走一个危难中的孤儿,请别赶走我!"核桃大声哀求,它的声音大得想要盖过大钟气恼的轰鸣,"我原本打算离开生我养我的树枝,落到一块潮湿的土地上去发芽生长的,却万不料撞上了乌鸦这个恶魔。一落进乌鸦贪婪嘴里,我就许愿说:要是我能免于一死,我今后决不奢望什么,随便落进个土坑我就心满意足,平平静静地度过我的余生。"

核桃的这番话确实催人泪下,这堵墙差不多难过得要哭了。墙置大钟响亮的警告于不顾,满怀热忱地将核桃收留在缝隙里。

时间一天一天过去,核桃摆脱了惊恐,清醒了,回复了平静。它就往下扎根,一开始,根须往热情好客的墙缝里抠。不久,核桃的第一批幼芽齐心协力往上长,并且在内部积蓄力量,把自己的枝叶高傲地耸到了钟楼之上。

核桃根须的伸张,首当其冲遭罪的是墙壁。根须能抓会抠,能攀会缠,日日夜夜,一刻不停地扎到所有它们能扎进的地方,渐渐地,核桃的根须撼动古老的墙砖,并且损坏了它们,毫不留情地把它们一块块挤出去。

当墙壁明白过来,原来这看着不起眼的、可怜巴巴的小核桃是多么阴险奸诈时,一切都已经太晚。这颗小核桃,它当时口口声声发誓赌咒要人家相信它的余生将过得平静如水、卑贱似草,现在看来这只不过是一种骗取信任的手段而已。此时此刻的墙壁只能怪自己当时轻信了它,痛悔当初不该不听有先见之明的大钟的劝告。

大启发:一颗核桃,恩将仇报;仁慈憨厚的墙,怜悯它、保护它,最后惨遭核桃的毁坏。墙的结局令我想到:做一个仁慈的人是好的,但在看不到后果的时候,我们就该听取别人的教导和劝告,这样才不会把好事变成坏事。如果小核桃能在旷野中长大,它一定会是一棵为人类贡献很多核桃肉的好树,而不会毁坏墙和钟楼了。为人,不要学核桃,应该以恩报德,切不可忘恩负义。

爱吹牛的小公鸡

鸡妈妈孵了三只小鸡，一个个长得活蹦乱跳。

三只小鸡中，有一只小公鸡，另外是两只小母鸡，一只叫小花，一只叫小胖。小公鸡凭着个儿高，跑得快，捉到小虫子从来不给妹妹吃，妹妹都讨厌它。

有一天，小公鸡站在鸡窝上，骄傲地问："小花、小胖，你们知道吗，世界上谁最伟大？"

小花、小胖眨眨眼睛，答："不知道。"

小公鸡笑了笑，说："不知道没有关系，我来告诉你们，我是世界上最伟大的动物！"

小花、小胖撇着嘴说："没听说过。你最伟大，凭什么？"

小公鸡说："要不是我早上起来打鸣儿，太阳能出来吗？要不是我早上起来打鸣儿，农民能下地干活吗？"

小胖说："你不打鸣儿，太阳照样会升起来的。"

小花说："农民伯伯夜里起来磨豆腐时，你并没有打鸣儿呀！"

小公鸡说："我是世界上最勇敢的英雄，你们相信吗？"

两个妹妹摇了摇头："不相信。"

小公鸡说："有回主人给我们稀粥吃，小黄狗来抢粥喝，我一打鸣儿，就把它吓跑啦！"

小花说："不害臊，是妈妈用嘴啄小黄狗，它才逃跑的。"

小公鸡说："我是世界上最大的鸡，有一回，我把老鹰打飞了！"

小胖笑个不停："我怎么没见过？"

这时，小花跑了起来，吓得气都喘不过来："不好啦，老鹰飞来逮小鸡啦！"

小公鸡撒腿就跑，一头钻进草垛里，两只小腿还露在外面哩。

小胖看看天空没有老鹰，拖着小公鸡的两条腿说："哥哥，你快出来吧，老鹰没有来。"

小公鸡抖抖身上的草问："咦，我怎么钻进草垛啦？"

小花笑道："因为你是世界上最胆大的鸡嘛！"

大启发：以前看过《狼来了》这个故事。故事里面的那个小男孩因为两次对大人们说谎，愚弄了大人们的善良与信任，以至第三次当狼真的来了的时候，大家都不再理会他了，他付出了羊群被狼咬死的沉重代价。爱说谎的人是不会有什么好下场的。《爱吹牛的小公鸡》里面的小公鸡爱吹牛，把别人的荣誉随便戴在自己的头上，还夸大自己的能力，以为自己真的了不起，整天活在自己制造的英雄王国里。终于有一天，他的"英雄"美梦被它妹妹小花敲得支离破碎，它也感到十分狼狈。所以我们要吸取小公鸡的教训，千万不可对别人随便吹牛、夸海口，这对自己对别人都没有好处，甚至只会惹人讨厌，爱吹牛的人实际上是没有知识的体现。

天堂与地狱的对话

　　天堂与地狱本是一对孪生兄弟,由于本性的不同,使它们各自为政。今日有幸一会,便趁着月光,滔滔侃来。细听,原来它们在为未成年人的生活属性而争论不休呢。嘿!真不愧为天堂、地狱,舌战刚开始便昏天黑地。

　　只见天堂胸有成竹开口道:"据我多年查访,我敢保证未成年人生活于天堂之中。"

　　地狱不甘示弱娓娓道来:"那不见得,我天天听到有人在叫苦,有人在喊烦,难道这能属于天堂之声吗?恰恰是生活在地狱——我这儿。"地狱神气活现地坐下。

　　天堂冷笑一阵:"哼,你怎么还是死性不改呢?看你那熊样,还自抖威风,你这局输定了,天堂就是天堂。"

　　"兄长莫急!人可不能以貌取人。别看我相貌阴森,但我的眼光'聚'着呢,不信,你就细听吧!胜负自有公论!"地狱卖个关子,慢慢道。

　　"我知道,是非不分、黑白颠倒是你的拿手好戏,看你有什么说辞。"天堂冷眼哼道。

　　地狱清清嗓门拉开了话匣子。"未成年人在家庭中受父母压制,不许看电影,不许看闲书,不许随便交朋友,做什么都不能随心所欲,畅所欲言,处处被父母的条条大道理所镇压,使得他们毫无自主,简直像一个机器人。在学校,还要对着那枯燥乏味的书本,学呀学,念呀念,整天神魂颠倒。最倒霉的是考试,还得一级战备,迎接一轮轮批评与斥责的轰炸,这难道不是悲哀吗?这难道不算生于地狱吗?"地狱振振有词地反问。

"嗯,就这嘛,我看可以排除。"天堂不愠不火地说。

这下地狱沉不住气了:"你哼啥,不要妄下断语,你的呢?赶快亮相,一比不就清楚了吗?"

"好,听着。"天堂开始作答。"未成年人生来具有的各种权益受法律保护,任何人都不得侵犯。他们是父母的心肝,是园丁的花朵,父母节制他们的生活,是为了不让他们纯洁的心灵受到污染,是为了让他们长得更直,更壮。教师的教导管制是为了一句话:'玉不琢不成器'。难道溺爱纵容便是爱?难道放任自流便是个性张扬?要知道通往天堂的路好长,好崎岖啊!"天堂深有感触地说。

地狱听完半晌才道:"嗯,有点道理,但我还是略胜一筹。为什么有的孩子不满家长的专制而出走?为什么有的学生不满学校的考试而轻生?"

天堂深思一会儿说:"这不是家长与老师的错,更不是孩子的错。这是一个全体社会都在努力正视的问题,考试体制不是已发生变化了吗?"

地狱说:"……"

天堂又说:"……"

朋友,你认为呢?它俩谁说得更有道理呢?

大启发：以"天堂"与"地狱"来喻两种对未成年人问题的态度，通过它们激烈地辩论，从而将这一问题辩证地论述开来，得出"这不是家长与老师的错，更不是孩子的错。这是一个全体社会都在努力正视的问题"的结论。使人们对这一问题的认识得以提高。

大地与花儿

一朵花儿在万花丛中显得格外的美。她被风姑娘吹得楚楚动人。她那婀娜的舞姿招来了许多昆虫。花儿周围成千成百的蜜蜂嗡嗡地闹着，大小的蝴蝶飞来飞去，显得好不热闹。一只蝴蝶对那朵外表很美的花儿吹捧地说："您真美啊！看啊！我的伙伴们都围着您转呢！而我，真想变成您呀！我要变成您那么美丽的话，那该多好啊！"外表美丽的花儿听到这儿，骄傲地说："就你也配有我这么美吗？看我这苗条的身姿，鲜艳的色彩。你还是做你的白日梦去吧！"蝴蝶悄悄地飞走了。

过了一会儿，一只蜜蜂上前来，说："我这美丽的花姐姐，你这么美丽，是怎么打扮的，能告诉我吗？"花儿一听到美丽的她受小蜜蜂的尊敬，更加骄傲起来了，用轻蔑的眼神瞪着蜜蜂，说："就你，这么丑，也配让我教给你怎么打扮自己！还不快走开，我看见你就想吐。"蜜蜂也被骄傲的花儿赶跑了。

大地母亲却看不下去了，说："你怎么变得如此骄傲。想当初，你不仅外表美，心灵也很美。你那时是我的骄傲啊！可是……"话还没说完，却被花儿打断了。说："我爱怎样就怎样，不碍你的事，你管那么多干什么？真是吃饱了撑的。"此话让众花们听见了，大家一齐批评她。可是她还满不在乎地捂上了耳朵。

从此，花儿们都远离了她；昆虫们也都不来她这儿了；大地母亲也不疼爱她了。为了惩罚她，大地妈妈也不给她肥吃和水喝了，她再也感受不到别人的夸耀与大地的哺育了。于是，渐渐地，她枯萎了。

这个故事讽刺那些因骄傲自大而看不起别人的人。

大启发：花与蝴蝶、蜜蜂以及大地的对话紧扣各个形象的性格特点。如蝴蝶羡慕花儿的美丽就吹捧说："您真美啊！……那该多好啊！"而蜜蜂则用请求的口吻说："你这么美丽……告诉我吗？"这样的语言紧扣其礼貌而又谦虚的性格特点。大地母亲则是一副尊长的模样。而花儿的回答却是"就你也配有我这么美吗？……做你的白日梦去吧！""就你，这么丑，也配……想吐。""我爱怎样就怎样……吃饱了撑的。"花儿骄傲自大、自以为是、尖酸刻薄的形象跃然纸上。

龟兔赛跑

第一场

龟兔赛跑的故事早已是家喻户晓：兔子自认为跑得快，怀着骄傲、轻敌的思想在途中睡了一觉,待它睡醒跑到终点时,乌龟已经恭候它多时了。兔子很不服气,准备再进行比赛,赢回面子。

第二场

白兔汲取上次的教训,决心不再骄傲。你瞧,它连一口气也不歇,撒开双腿,健步如飞,飞快地向终点冲刺。"快了,快了,好像隐隐约约看见终点山坡上的红旗了。"白兔边跑边想,"只要穿过这片树林,跑到山顶,胜利就属于我了。"这时的白兔早已是满头大汗气喘吁吁,可它还是一刻不停地跑,毫不松懈。

突然,远处传来了微弱的救命声,白兔一惊:是谁呢?它一定遇到危险了。不行,我得去看看,另一个声音也在它的耳旁响起:"兔儿,这次比赛无论如何你一定要赢,不能给咱们白兔家族丢脸。"这是族长临赛时对它满怀希望的嘱咐。白兔犹豫不定:是救还是不救?一个个问号在它脑子里飞快地划过。毕竟上次的教训太沉重了。但一想到那个鲜活的生命和悲哀的呼救声,白兔的心软了。循声跑去,原来是一只才出世不久的小鸭子由于贪玩,不幸陷入泥潭,上不来了。由于泥土很软,稍不留意便会陷下去,白兔费了很大的劲才把小鸭救出来,带它到溪边把身上的泥洗干净。本想让小鸭自己回家,但它哭嚷着非要白兔送它。白兔想这时赶去或许还来得及,可一碰到小鸭那求助的眼神,善良的天性使它狠不下心就这样一走了之,更何况,如果再出现意外,那后果将不堪设想。最后,在白兔的护送下,小鸭安全回到了鸭妈妈的身边。不用说,这次比赛白兔又输了。

白兔妈妈了解事情经过后,摸着小兔的头说:"孩子,你长大了,懂事了。"小兔若有所思地点点头,心想:如果当初见死不救,现在我一定懊悔极了。当比赛的主持人获知白兔再次失败的原委后,决心再给白兔一次机会,于是进行——

第三场

比赛开始了。当起跑的口令一响,白兔便像离弦的箭一样,飞一般向前冲去,一会儿便没了影子。

乌龟开始还是很努力地爬着,但不到一刻钟它便松懈了。一边慢悠悠地爬着,一边忘形地哼着那不成调的歌:"两次比赛我都获得了冠军,这次嘛,还用得着说吗?哼,兔子不是运动健将吗?可还不同样是我老龟的手下败将。"这也难怪它要骄傲了。爬了一会儿,乌龟感到有点儿累,于是在路旁的一块石头上休息,掏出随身携带的烟杆,拿出烟袋和火机,慢腾腾地点着烟,"吧嗒吧嗒"地抽着,在那儿吞云吐雾地喷着烟圈。吸完一袋,不解馋,心想:干

脆再吸一袋吧，反正兔子会睡觉，说不定又遇上什么麻烦事了。嗯，最好是掉进猎人布置的陷阱里。乌龟幸灾乐祸地奸笑着又点燃了一袋烟。等它过足了烟瘾，才心满意足地站起来，拍拍屁股上的尘土，一步三摇地朝终点爬去。

当乌龟到达终点时，白兔早已坐在那儿喝着冰凉可口的矿泉水，接受着动物们的祝贺。而乌龟呢，羞得满脸通红，缩着头，自讨没趣地走了。被胜利冲昏了头的乌龟，你是否还执迷不悟呢？

大启发：龟兔赛跑的故事早已是家喻户晓：兔子因骄傲而败于乌龟。这一结局似乎是不可更改的了，但文章能够冲出窠臼，大胆想象，以原有的龟兔赛跑为第一场比赛，在此基础上又精心设置了两场比赛，且故事情节曲折跌宕，扣人心弦。最终以乌龟骄傲失败而告终，从而使文章蕴涵更深刻、更丰富的哲理。

小鲤鱼和田螺

河滩上的一个浅水坑里,住着小鲤鱼和田螺。

一天,小鲤鱼到坑边去游玩,忽然发现坑里的水位下降了许多。它大吃一惊,急忙回到水坑中叫醒酣睡的田螺:"不好了,田螺哥!坑里的水越来越少了。我们必须赶快离开这里。不然,我们会被干死的!"

田螺伸了伸懒腰,不以为然地说:"不要紧,到时老天爷会下雨的。我们在这里生活得很好,干嘛要去乱闯呢?"

小鲤鱼见田螺不同意离开这里,心里虽然着急,也只好等等。一连几天过去了,灼热的阳光把坑里的水都晒得发烫了。水位仍在继续下降,眼看同河流相连的那条小小的通道就要干涸了。小鲤鱼再也等不下去了。它找到田螺说明利害,再三求它离开这里。田螺却执意不听。

小鲤鱼无奈,只得忍痛告别了田螺游进了小河。

小鲤鱼又顺着小河游进了大河。湍急的河水冲得它头晕眼花,它坚持着向前游去,终于来到了一个大湖里。

这里可真是个好地方啊!湖水清凌凌的,水底长满了各种各样的水草。小鲤鱼在这里住了下来,结识了许多新朋友,重新开始了美好的生活。

后来，河滩上那个浅水坑变成了烂泥坑。再后来，烂泥坑干涸了，那只懒惰的田螺，终于干死在泥坑里了。

大启发：这个寓言批评那些看不到危险，又不听劝说的懒惰的人，预示着它们的后果只能和那只懒田螺一样，活活被困死；赞扬了像小鲤鱼那样聪明、不怕困难、敢于追求新生活的人。

最后一只麻雀

麻雀家族非常兴旺。早些时候,在野外,在村庄,在城里,到处都可以看到它们成群结队地飞舞,成群结队地落脚,成群结队地找东西吃。麻雀和别的鸟儿不一样。别的鸟总是远远地躲着人,它们却敢在人的面前飞来跳去。因此,它们总是不愁吃的东西,也不愁住的地方。田野里,谷场上,有的是谷子,虫子,草籽,充饥的东西到处都是;房檐下,墙洞里,随便找个地方,衔来枯草垫进去,就可以安家,下蛋,孵出黄嘴丫的小麻雀来。

麻雀是这么多,这么平凡,这么容易见到,因此,谁没把它们当成一回事。农民漫不经心地在田地里喷洒灭虫剂,林工用现代的设备往树叶上喷洒杀虫药,小孩搭着人梯在墙洞里掏小麻雀玩,还有的人把麻雀当成靶子练习射击本领……

有一天,人们突然发现,往日成群结队的麻雀,不知什么时候销声匿迹了。大家都谈论起麻雀的可爱来:

"嘀哟,那些小东西多灵巧呀,它们在地上蹦的时候,爪子上真跟安着弹簧一样!"

"它们叫得声音也很好听,叽叽喳喳,既热闹,又欢快!"

"特别是它们歪着头瞅人的样子,嘿!真逗!"

人们惋惜不已,决定把麻雀列入特级保护动物名单,并派出一个专门的考察组,到世界各地去寻找幸存的麻雀。经过两年零三个月的不懈努力,居然找到了一只。但是,这只麻雀已经很老了,而且好像正在生病。人们赶紧给它做了一个最柔软最舒适的窝,拿来了最好吃最有营养的食品,请来了最有水平最有经验的医生,希望能够使它康复,使它健壮。然而,这一切都晚了,这只老麻雀还是不行了。

在临死之前,老麻雀吃力地张着嘴,发出了最后一串啼鸣。据懂得鸟语的人翻译,它说的是:"人们啊,你们为什么不早一点儿保护我们呢?"

大启发:原先因为麻雀随处可见,谁也没把它们当成一回事;后来麻雀销声匿迹了,人们才重视、紧张、慎重起来,才采取保护措施,然而,"这一切都晚了",麻雀家族还是逃不了灭绝的厄运。地球是人类和动植物共同的家园,由于人类的自私自利、盲目开发、肆意掠取,很多动植物已经灭绝或濒临灭绝。如果人类再这样执迷不悟,再这样污染环境、不重视生态平衡,下一个受害、灭绝的对象会不会是人类自己呢?

家猫遇上野猫

傍晚，一只迷失了方向的家猫在马路上徘徊着。突然，在一个黑暗的角落里闪出两点亮光，家猫恐惧地向后退了两步。亮光向它慢慢靠近，原来是一只老猫。

猫与猫相见，当然握手道好。老猫问家猫："这位兄弟，你在这儿干什么？"

"我是一只家猫，迷失了方向，找不到家了。"家猫伤心地说道。

"别伤心，有我老猫在，你不用担心。"老猫很仗义地说。接着老猫自我介绍道："我是一只野猫，生活在大自然中，今天要去北边的一个森林，正好路过这，如果你愿意的话，就和我一起去森林生活吧！"

"森林？森林什么样？森林里面有鱼骨头、香肠、面包片吗？"家猫问道。

"森林可要比这城市好多了，那里供我们生存的东西应有尽有。"野猫说道。

家猫答应同野猫一起去森林。

朝霞映照下的森林显得格外美丽，经过一夜的跋涉，两只猫来到这里，兴奋无比。家猫大口大口地呼吸着新鲜的空气，高兴地说道："啊！我从来没有这样痛快地呼吸过，也从来没有见过这样美丽的景色。"

野猫见天已大亮，便对家猫说："老弟，走，咱们吃早点去，我请你吃鱼。"说着便拽着家猫朝小溪边走去。

来到小溪边，野猫一个前扑，两爪便扎进水里。家猫见状，在岸上急得团团转。忽然一片水花溅在家猫身上，它定睛一看，是野猫抓了两条鱼上岸了。家猫对野猫的本领佩服极了。

正当它们兴致勃勃地吃着早餐的时候，一只老鼠从地下的洞里蹿了出来。"啊，老鼠!"家猫禁不住往后退了两步。野猫一下子扑过去，两只前爪紧紧地抓住了老鼠。野猫抓着战利品问家猫："你怎么连老鼠也怕?捕鼠可是咱们家族最基本的本领啊!"家猫听后，真是羞愧难当。

早餐过后，它们来到一棵果树下面，野猫对家猫说了声："我给你摘果子。"便抱着树干蹿到了树上。家猫想起自己在家里也经常上衣柜什么的，便也试着往上爬，可是没爬多高就被重重地摔了下来。

待野猫摘完果子，家猫不安地对野猫说："你教我咱们家族的真本领好吗?我现在才明白，我是属于大自然的，娇生惯养不行，那样会退化的。"

家猫很聪明，在野猫的精心指导下，没几天它就练成了一身的好本领。

大启发：家猫与野猫的不同性格，讽刺当今社会很多家长呵护、溺爱孩子而导致其生存能力下降的社会现象，揭示出"温室里的花朵是经不起风吹雨打"的道理。

骄傲的灭鼠书

橱子里有一本灭鼠的书。它里面的内容极其丰富,且易学易懂。因此,灭鼠的书常自高自傲,卖弄自己。橱子里还有一本破旧的文学书。文学书看见灭鼠书目空一切,知道它迟早会害了自己,便常常用格言教育它,什么"虚心使人进步,骄傲使人落后"啦,什么"自高自傲是祸的根源"啦。可灭鼠书认为文学书是在嫉妒自己。所以,它把文学书说的话当做耳边风,一句也没听进去。文学书见灭鼠书把自己的好心当成恶意,便任其自然,随它而去。

灭鼠书高傲地想:"文学书这样嫉妒我,那我必定是世界上最棒的书了。既然如此,我自己去灭鼠,何必依靠人类灭鼠呢?"于是,它按照身上所绘制的图案和所叙述的内容,小心翼翼地设计着圈套。事有凑巧,灭鼠书刚刚把圈套设计好,一只幼小无知的老鼠便成了俘虏。

第一次意外的胜利使灭鼠书更加狂妄了。它想:"原来捕鼠这么容易,那以后我要摆脱人类,像猫一样去捉老鼠。对,去捉老鼠!"于是,它把身上的图案和文字一一抹掉,昂首阔步地向老鼠们走去。老鼠们刚才已经看到它的厉害了,现在看见它正向自己走来,吓得魂飞魄散,落荒而逃,有几只竟吓得呆若木鸡。这样,灭鼠书不费吹灰之力便逮着了几只老鼠。

突然，一只胆大的老鼠看见灭鼠书身上的字模糊不清，顿时明白了。它敏捷地挣脱了灭鼠书的掌心，对吓破了胆的老鼠们大声喊："大家不要怕。现在它已经失去了用计的能力，只能像猫一样捉我们，但是它却没有爪子。大家齐心合力，咬死它，为同伴们报仇雪恨！"这时，几只胆子稍微大一点的老鼠出来了，其余的仍在黑暗的鼠洞里。见此情景，那只老鼠又大声喊："大家如果不相信，请看我为什么能平安无事地'书'里逃生呢？"话音刚落，几十只老鼠一拥而上，恶狠狠地咬灭鼠书。灭鼠书痛得一个劲儿地叫："哎哟！哎哟！"一刻钟后，灭鼠书已被老鼠们咬得遍体鳞伤了。

第二天，主人发现了灭鼠书，惋惜地说："这么好的一本灭鼠书，却被老鼠咬成这样，真是太可惜了！"说完，随手把灭鼠书扔进了臭气熏天的垃圾筒里。

大启发：一本骄傲的灭鼠书仅凭偶然消灭了几只老鼠便狂妄起来，抹去了书上的字迹。殊不知自己之所以有用，凭借的正是它的内容。最终灭鼠书因失去内容而失去了存在的意义和价值，被主人扔到了垃圾桶里，多么可悲可笑的灭鼠书啊！文章批判了生活中那些稍有成就就忘乎所以、自高自大，而最终自食其果的人。

鸟巢

春日的早晨,院子上方的天空盘旋着一只小鸟——尽管它可能已不小了,但因为它与人相比总是渺小的,所以人们还总叫它小鸟——它悠闲地落在树上,唱着歌。

它愉快地唱着歌,跳着唱,站着唱——自由自在地唱。

隔壁的张老先生整天都是一脸严肃,眼睛也不像其他老人慈祥。一看就是个老古板,甚至古板到连电视也不常看,拐棍也如他的人一般:又冷又硬。谁与他做邻居都会觉得很憋气。但令人十分意外的是——他格外喜欢鸟。

"早晨好!"人人见到自由的鸟儿都喊一声。惟有张先生,只笑笑,他管这叫无声的爱。

鸟儿却是见到谁都会唱同一首歌:"早上好!"尤其是见到了白发的张老先生。

张老先生很感动,在一屋旁的一棵大树上钉了个木箱,想着小鸟要是住在这棵树上往后便可时时注意它、关照它了。却没想到鸟儿已在另一棵树上搭起窝,住下了。张老先生有些想不通了:那硬木箱多么漂亮,多么结实耐住。"小鸟呀,来这儿吧。我会天天照顾你的,你看那新房子多漂亮!"漂亮的新房子?鸟儿毕竟不是小鸟了——虽对张老先生的苦心很感激,却舍不得离开自己新搭的舒适的巢。唧唧喳喳的,它唱了一首最好听的歌,送给老先生。人们笑笑——鸟儿选择了自己的家、自己的生活。

张老先生看到人们笑,更没好气——只当是在笑他自讨苦吃。所以他气急败坏地用拐棍把小鸟从那新的舒适的软草窝中赶了出来,要把它撵到那个硬木箱里。

鸟儿吓了一跳:怎么好端端地便拿棍棒赶我呢?它只是在空中飞,好像跟张老先生拧着劲儿一样。不久,张老先生便感觉累了,无奈地倒在自己的安乐椅上。鸟儿又飞回了草巢。

第二天,张老先生还没忘记小鸟,并拿了个竹竿——他想把鸟巢捅了,看小鸟还能去哪?"这可都是为你好啊,这草窝,不遮风不挡雨的;春天的风太大,一阵风雨就能把这草窝吹掉,它早晚都是要坏的……"张老先生似是语重心长地说。鸟儿还是有些想不通,但这鸟儿也许真是只小鸟吧。它竟真的住进了木屋。张老先生很是得意,每逢人们夸赞鸟儿,张老先生总是清清嗓子:"这是我照顾的,它才有这副好嗓子。"张老先生的本意确是想照顾鸟儿的……

春日过去,夏日过去,秋日也已过了好些日子了。现在,张老先生又着急了——"他的"小鸟要到南方过冬去了。

张老先生在鸟巢旁放把安乐椅,仰面看这小鸟,听着"歌"——这已是他的习惯。可现在听到的却是让他留恋的歌了。"小鸟,今年与我过个节吧!冬天你如果嫌冷便与我一起到屋子里,我给你做个最好的鸟笼子……"不管他做多好的鸟笼子,不管他多么语重心长,"他的"小鸟也不会留下来:鸟儿大了,便更喜欢自由,更喜欢开眼界。

大启发：一只人见人爱的小鸟居住在自己搭建的舒适的鸟巢中，每天过着无拘无束、自由自在的日子。但是这一切被一位虽然严厉却惟独对小鸟"情有独钟"的老先生所阻止，无奈之中只得搬进了这位老人给它造的"家"——小木箱。春去秋来，鸟儿长大了，更向往自由了，终于离开了老人飞往南方去寻找自己向往的生活了。文章表达了新时代的青年对自由的向往，对外面世界的渴望。

小狐狸和小乌鸦

在古老的森林深处,住着许多动物,其中有狐狸,也有乌鸦。一天,乌鸦妈妈对小乌鸦说:"妈妈今天要去你外婆家,中午不回来了。这里有一块儿你最爱吃的肉,你把它当中午饭吧,记住,当年你妈妈就是被狐狸的甜言蜜语给骗了,你要记住妈妈的教训。"

小乌鸦对妈妈说:"我知道了,我一定牢记在心。"乌鸦妈妈这才放心地飞走了。

中午,小乌鸦的肚子"咕咕"地叫起来。于是,小乌鸦把肉取出来,津津有味地吃起来。

一阵风吹过,香味随着风飘呀飘,一直飘到了狐狸的家里。这时,那只曾经用甜言蜜语骗过乌鸦妈妈的老狐狸闻到了香味,馋得流下了口水。他眯缝着眼对他的小狐狸说:"我当年略施小计就骗来了乌鸦到嘴的肥肉。今天,就看你的了。"小狐狸早馋得垂涎三尺,没等到老狐狸说完,他就飞快地跑出去了。

小狐狸顺着香味在森林里东寻西找,最后找到了小乌鸦住的那棵树。他抬起头,一眼就看到了那块肉。多香啊!可惜它在小乌鸦嘴里。

怎么办呢?小狐狸在树下急得团团转。他想起了当年老狐狸的把戏,然后就卖弄开了。

小狐狸在树底下对树上的小乌鸦喊道:"喂,美丽的乌鸦小姐,听说您唱的歌特别好听,您是全森林里最好的歌手……"小乌鸦听了,把那块肉叼得更紧了。

小狐狸不死心,接着又大声喊了起来:"你们乌鸦是最聪明、最善良的鸟……"

小乌鸦仍然没有理会小狐狸。小狐狸在树下喊得口干舌燥,小乌鸦就是无动于衷。

小狐狸一计不成又生一计。他瞪起眼睛显出鄙夷的神色来,对小乌鸦喊:"小乌鸦是世界上最丑陋的鸟、最笨的鸟、最坏的鸟……"

还没等小狐狸说完,小乌鸦就对着小狐狸大喊:"你们狐狸才是……"话还没说完,肉就从小乌鸦的嘴里掉下来,小狐狸蹿上去,一口就叼走了那块肥肉。

小乌鸦呆呆地站在树枝上,眼睁睁地看着自己嘴里的肉被狐狸骗走了。她后悔极了。

大启发:这是《伊索寓言》中狐狸与乌鸦故事的重演,略有不同的是:老乌鸦是因为受到老狐狸的赞美而得意忘形,也因此而失去了食物;小乌鸦则是上了小狐狸激将法的当而失去了食物,由此也突出了小狐狸的"进化",它变得更狡猾、更奸诈了。

全森林唱歌大奖赛

大象先生拉到一大笔赞助资金,用以举办一次全森林的唱歌大奖赛,并对大赛的优胜者给以重奖。

大象先生特聘像人一样聪明和有学问的猴博士,担任这次大奖赛的裁判长。

消息不胫而走。报名者纷至沓来,排成长龙。

一个谁也想不到的、令人目瞪口呆的情况发生了:有着特大嗓门儿,根本不会唱歌,然而在森林中有"大王"之称的斑斓猛虎,居然也来报了名!

"这虎也太没有自知之明了!"

"这年头,谁不见钱眼开呀。老虎报名参赛,还不是冲着这大笔奖金来的!"

"是啊,重赏之下必有勇夫嘛。"

"老虎可是只会大声啸吼,真正是五音不全呀!"

尽管有各种各样的议论(当然都是背着老虎说的),但是森林里大多数的动物居民认为,这次大奖赛的冠军非老虎莫属。至于为什么会这样,那还不是秃子头上的虱子——明摆着的嘛。

大赛如期举行。选手们按报名顺序逐个亮相,一展歌喉。美妙动听的歌声,不时激起阵阵掌声和喝彩声。

轮到老虎上场了。只见它迈着威严的虎步,雄赳赳而又胸有成竹地走上舞台,张大嘴巴憋足劲儿猛吼了几嗓子,就算是唱了一首歌。老虎"唱"的时候,大家不约而同地迅速把耳朵紧紧捂住,因为从它喉咙里发出来的噪声,实在是太大太吓人了。

比赛结束,裁判长猴博士把一张写着评判结果的纸张交给大象先生。

由大象先生亲自宣读获奖者名单。本届大赛除产生冠军、亚军、季军各一名外,还设鼓励奖十名。

当大象先生宣读完毕,向台下深深一鞠躬的时候,大家马上意识到大象先生刚才宣读时没有念到老虎的名字,也就是说,老虎并没有获奖。

全场先是鸦雀无声,紧接着就像火山突然爆发,响起一阵暴风雨般经久不息的掌声和欢呼声……

大启发:看了《全森林唱歌大奖赛》寓言后,你能从中受到什么启发呢?猴博士很勇敢,做事很公正。你想一想,那只老虎根本就不会唱歌,只是从喉咙里发出噪声罢了,而森林里的居民却认为"这次大奖赛的冠军非老虎莫属",这是为什么呢?答案很简单,因为那只老虎是森林大王,众居民都怕它,不敢惹它。在这种情况下,猴博士却出人意料地一视同仁,按照公平公正的原则评出了本次大赛的获奖者,并没有特别"优待"老虎。我们应该像猴博士那样,无论在什么情况下都坚持自己的做事原则,勇敢一点,不屈服于任何豪强势力。

老鹰的悲哀

在一个阳光和煦的日子里，老鹰带着它的家人来到一片森林里。它找到一棵粗壮笔直的大树，准备建造一个新家。

正在它们准备衔枝造窝时，树下的蚯蚓探出头来，对老鹰说："老鹰先生呀，你可千万不要在这儿建窝，这棵大树的根已经开始腐烂了。"

"胡说。"老鹰怒视着蚯蚓说道，"你这小家伙敢到我这儿撒野，快滚！当心我把你当做填牙缝的。"

蚯蚓见老鹰不听劝告又这样嚣张，只好快快地离去了。

老鹰的家建好了。全家搬进了软绵绵的安乐窝，简直舒服极了。这时，一只啄木鸟飞到老鹰窝边，拍打着翅膀对老鹰说："老鹰先生，您快搬家吧。这棵大树的树干已经布满了蛀虫，树干中间已经被蛀空。如果一场大风刮来，恐怕会有危险……"

老鹰正在新家享受着天伦之乐，听了啄木鸟的话，怒火直冒，冲着啄木鸟大吼道："你这尖嘴的东西，我老鹰不比你见识广，用你来指点？快滚！"

啄木鸟见一番好心被当做驴肝肺，一气之下，扭头向森林的深处飞去了。

老鹰的家人听到蚯蚓和啄木鸟都说这棵树不好，便纷纷劝老鹰搬家。老鹰见家里人都相信外人的话，非常恼怒，不许它们听信外人的谣言……

谁知，第二天一场大风刮过，这棵"粗壮笔直"的大树真的被刮倒在地，不听劝告的老鹰同它的家人全被压在了树下。老鹰在弥留之际望着伤残的家人和破碎的家，痛心疾首地悔悟道："都怪我太自负，害了全家啊！"

大启发：顽固不化的老鹰因为没有听从善良的蚯蚓和啄木鸟的劝告而最终导致家破人亡，老鹰的命运是咎由自取，只是连累了无辜的家人。文章嘲讽了生活中那些自以为是、思想僵化的家伙，他们不仅自取灭亡，而且还要牵连别人。

一条鱼的命运

或许是我该澄清一下我的遭遇的时候了，我是一条鱼，一条仔鱼，却很肥。我家住在镜水桥下的镜水湖里，我本是要忙着迁移的，因为我们的地盘已大变样了，我明显地感到最近我的呼吸困难，我的双鳍游不动了，连我的食物好像也快消失了。

原本一张嘴就可以吃到的蜉蝣现在却变成了硬邦邦的到了肚子里不消化的东西，所以我的肚子更大了，我的好多伙伴也得了这种病，我难过得很，然后又听说我的许多小伙伴都被自称是走在食物链最前端的叫做人的动物给钓走吃了，不是在桥边有"禁止垂钓"的字吗?看来我要尽快迁移的，对，马上动身!

"鱼!有鱼!肥鱼!"

什么东西在叫我?我继续找寻着声源，怎么前面看不清了?哎呀，我快游不动了，我使劲喝了一口水，什么味呀!不好，我快撑不下去了!

"快!来了!来呀!"

又是那声音，不管了，我咬住了那根绳子……

"怎么样?现在的鱼都傻得要死，没有钩没有饵都上线!"

什么?我上线了?我昏了。

现在，我正在一个小盆子里，水还够清，不过我听到了磨刀的声音……

鱼、鱼、鱼，翻肚朝天照，红鳃气息虚，鱼目污水过。

大启发：骆宾王的《咏鹅》脍炙人口，连三四岁的小孩子都会奶声奶气地背："鹅，鹅，鹅"，可是现在的孩子又有多少见过这种自然与生物和谐统一的美景?文中的"鱼，鱼，鱼"就没那么幸福了。文章结尾的黑色幽默透着作者多少无奈!人们常常抱怨水难喝，肉难吃，蔬菜上农药太多，空气中污染太重，俨然是自然界的主人，而作者却站在动物的角度，为它们鸣冤叫屈。纵观人与自然关系的发展，已由对立逐渐走向统一，人其实也是自然中的普通一员，从这个角度来看，人与鱼又有多大分别?作者正是试图模拟鱼的口吻讲述这个道理。

有难同当有福同享

一辆大卡车在泥泞的道路上艰难地行驶着。由于下雨,外胎已被淋成了"落汤鸡"。外胎埋怨自己的命不好,就把一股怨气向内胎撒去:"你太享福了。一路上,一直是我护着你,你倒好,天天躲在里面睡大觉。这世道是太不公平了!"内胎鼓了鼓嘴,不敢说话。

过了一会儿,外胎又说:"老弟,我看这世界上最幸福的就是你了。当你饿了,主人会给你打气,让你吃饱喝足;当你病了,主人会送你去修理店,给你看病。可我呢,主人不但不关心,还总是让我受那些尖刺和碎石的挤压。无论刮风还是下雨,每次都是我冲锋陷阵,无论……"外胎絮絮叨叨地说着。

"嘭!"

外胎吓了一大跳。

"怎么回事?"

外胎一看,原来内胎气炸了肚皮。接着,外胎也不由自主地扁了下来。外胎才明白:"原来我的力气都是你给的呀。错怪你了,真对不起。"内胎谦虚地回答:"没关系,咱们是兄弟,应该有难同当,有福同享。大不了,我再去看一次病。"外胎听了,被内胎宽广的胸襟折服了。外胎由衷地说:"今后,咱们齐心协力,我负责前线,你保后勤,谁也不离开谁。"内胎点点头说:"好,一言为定,就这么办。"

内胎和外胎和好了,他们一同上路了。以后,车子跑得更快了。

大启发:文章以对话体的形式,揭示了团结就是力量这一众所周知的道理。可是在生活中偏偏有些人总是认为自己的付出要远远大于别人,非要吃些苦头才能恍然大悟。

榴莲的故事

大家知道,水果之王——榴莲,美味可口,但为什么它的表面像刺猬一样长满了刺?这里还有一个有趣的故事呢!

很久很久以前,榴莲的表面是没有刺的。一天海南岛上的一座森林里举行了一次水果大赛,连北方的苹果、梨子等很多与海南岛相隔甚远的水果都来参加,因此,这次水果大赛搞得非常隆重,想要当"水果之王"可不容易哦。裁判是几只很会品尝的老猴子。

比赛开始了,裁判们尝了又尝,试了又试,淘汰了又淘汰,最后,榴莲脱颖而出,当上了"水果之王"。裁判把花环戴在了榴莲的脖子上,很多观众都围过来,把榴莲抛了起来,为它祝贺。

那次比赛之后,榴莲产生了骄傲的情绪:拒客不见,目中无人,出门也穿得严严实实,不让别人碰到它"高贵的身体"。有一次,榴莲去逛街,小椰子不小心踩到了它的脚,榴莲就当众骂哭了小椰子。大家知道榴莲变骄傲了,都渐渐疏远了它。

有一天,榴莲到刺猬大叔那里买了一件刺衣,每时每刻都穿着它,好让别人不碰到它"高贵的身体"。每当榴莲上街,大家都像避瘟神一样躲开它。

正因为榴莲每时每刻都穿着刺衣,终于有一天,那件刺衣牢牢地粘在榴莲身上，再也脱不下来了。刺衣又一代传一代，所以我们今天看到的榴莲浑身是刺。

大启发：这则寓言，写的是榴莲在水果王大赛中夺了冠，反而落得浑身是刺的事。说明一个人取得了好成绩，不应骄傲自大、脱离群众。

毛驴开荒

狮王要毛驴负责开垦一块 500 亩的荒洼地。

毛驴接到命令后马上行动起来，它领着众毛驴们起早贪黑，干得非常起劲。

过了几天，狮王前来视察，看到后对毛驴说："怎么这么长时间了，还没开垦出来，要抓紧时间，争取下个月完成。"

毛驴一听傻了眼，自己没白天没黑夜地干，还落了个不是，下个月完成?这怎么可能呢?这么大一片地!

毛驴整天愁眉不展，茶饭不进，又加上日夜操劳，瘦了一大圈。一天，一只狐狸悄悄地跑来对毛驴说："毛驴兄，你干活也要讲究点策略，你没见狮王每次来都在公路上转一圈便走吗?什么时候到地里去看一次了!你若听我的，先把路边的地开垦好就行，至于里边的，你再慢慢来嘛!"

"唉，也只好如此了!"毛驴无奈，便听从了狐狸的意见，只把路边的地开垦了出来，并种上了庄稼。

一个月后，狮王又来视察，它看见地已开垦出来，庄稼也已长出了小苗苗，很高兴，当即表示奖励毛驴 10 元钱。

毛驴用这些钱雇了几十台机械，把余下的地也开垦了出来。

大启发：毛驴要开垦 500 亩的荒洼地，起早贪黑地干，可是狮子还是嫌它慢，要它在下个月完成。毛驴一下子没了办法，整天愁眉不展，茶饭不进。最后听从狐狸的计策才过了关，而且还省了不少力气。遇到困难时我们应该像狐狸那样，运用自己的聪明才智，多动动脑筋想方法来解决问题。不要死盯着眼前的事情而束手无策，要懂得随机应变。

疑邻偷斧

从前,在乡下有一个人,他在自家的地窖中储存种子的时候,将一把斧头忘了从地窖中带出来。几天以后,他又要用斧头时,才发现自家的斧头已经不见了。放在自家的斧头哪去了呢?他在自己家的门后面,桌子下面,堆柴草的房里到处找遍了,还是没有找到,他就怀疑是他邻居家的人偷去了。到底是不是邻居家的人偷了呢?没有证据不能乱讲。于是。他仔细地观察邻居家人,总觉得是邻居家人偷了斧头,看邻居家人那走路的样子,也像是偷了斧头的,不仅如此,甚至连邻居家人的神态、动作、表情也像,乃至说话时的声调,都像是偷了斧头一样。总之,越看越像,几乎可以肯定,就是那家邻居偷了自己家的斧头!

又过了几天,这个人又要到地窖去储存物品了。当他打开地窖门,下到地窖里的时候,发现自家那把不见好多天的斧头正躺在自家地窖的地面上。

到了第二天,这个人再去看邻居家人的时候,发现邻居家人的一举一动,一言一行,就连笑的神态,一点儿也不像是偷了斧头的样子了。

大启发：遇到问题要调查研究再做出判断，绝对不能毫无根据地瞎猜疑。疑神疑鬼地瞎猜疑，往往会产生错觉。判断一个人也是如此，切忌以自己主观想象作为衡量别人的标准，主观意识太强，经常会造成识人的错误与偏差。而现实生活中，大多数领导在人才的任用上，常凭着主观意识去任命一个人，而不加以客观、公正地审核。感情用事是领导的大忌。对人对事，领导都不要先入为主，带上有色眼镜看人，更不应以小人之心度君子之腹。否则，公司就会失去很多优秀人才。

黔驴技穷

古时候,贵州(黔)一带没有驴,那里的人们对于驴的相貌、习性、用途等都不熟悉。有个喜欢多事的人,从外地用船运了一头驴回贵州,可是一时又不知该派什么用场,就把它放到山脚下,任它自己吃草、散步。

一天,一只老虎出来觅食,远远地望见了这头驴。这只老虎也从来没有见过驴,看到这家伙身躯庞大,耳朵长长的,脚上没有爪,样子挺吓人。老虎有点害怕,在心里琢磨:妈呀,什么时候跑出这么个怪物来了,看上去似乎不太好惹。还是不要贸然行事,观察一下再说吧。

连续几天,老虎都只躲在密密的树林里面观察驴的行为。后来觉得它好像不是很凶狠,就大着胆子小心翼翼地慢慢靠近它,但还是没有搞清楚它到底是个什么东西。

有一次,老虎正慢慢地接近驴,驴忽然长叫了一声,声音十分响亮。老虎吓了一跳,以为驴想吃掉它,回头转身就跑。跑到较远的地方,老虎又仔仔细细地观察了驴一番,觉得它似乎没什么特别厉害的本领。

又过了几天,老虎渐渐习惯了驴的叫声,于是它又进一步和驴接触,以便深入地了解它。老虎终于走到驴身边,围着它又叫又跳,有时还跑过去轻轻挨一下驴的身体再跑开。

驴终于被老虎戏弄得愤怒了,就抬起蹄子去踢老虎。开始的时候,老虎还稍稍有点惊惶,不久见驴再也无计可施,终于明白了,原来驴总共也只有这么点伎俩。

老虎非常高兴,嘲笑着驴说:"你这个没用的家伙,原来也就这么几招本事啊!"说着就跳起来扑上去,咬断了驴的喉管,吃光了驴的肉,心满意足地离开了。

大启发:只要掌握了正确的方法,就会有正确的行动,就像老虎那样,但是处在"驴子"位置上的人则是先天地失去了胜利的条件,因为它本身就是一个弱者。当我们说有人虚有其表,本领有限时,是否不考虑过他原来就没有狐狸的狡猾与狮子的凶猛呢?因此,我们做人就必须练就真本事,仅靠花哨的外表唬人,是不会长久的,否则到头来,吃亏的总还是自己。

一叶障目

古时候，在楚地有一个穷书生，人闲居在家中，不务正业，总是胡思乱想，想意外地发财。

有一次，他读了一本书，书中说：螳螂捕蝉时，为了观察蝉的动静，掌握好捕捉的时机，总是靠树叶遮身隐蔽。穷书生读了这一段，信以为真，想入非非了。他想，要是能够得到那片叶子，我也会隐身术了。

于是，穷书生跑到外边，在大树底下仰头寻找捕蝉的螳螂。等了好几天，他终于发现有一只螳螂正躲在树叶后，遮身隐藏着，一下子举起双臂捕捉了蝉。穷书生急忙上树，去摘那片树叶。可是不小心，那片树叶掉下来了，和原先落在地上的树叶混在一起了。到底哪片叶子是能隐身呢？最后，他只好扫了不少落叶带回家去。

"你拿这些树叶做什么？"他的妻子感到莫名其妙，问他。

穷书生笑着说："有好事！"说完就拿起一片叶子，遮住自己的眼睛问妻子："你能看见我么？"

"能看见！"妻子如实地回答。

他又换了一片叶子，再问妻子："你能看见我吗？"

"能看见！"妻子如实回答。

穷书生试了一片又一片，妻子都说："能看见！"但是他还是

不死心，还是一片一片地遮住眼睛，一次次地问妻子。就这样试了好长时间，妻子有些不耐烦了。当穷书生又拿起一片叶子时，妻子不耐烦地说："看不见！"

"真的看不见了吗？"

"真的！"

穷书生非常高兴，终于有了一片可以隐身的树叶了

第二天，他带着这片树叶来到市场，看准了一件好东西，一手拿着叶子，当着货主的面，拿走了这件东西。一下子就被人抓住，把他扭送到县衙门，县官审明了他偷东西的前后过程，气得大骂道："你这个书呆子，一片树叶遮住你的眼睛，就连前面高大的泰山都看不见了吗？"教训了一顿后才把他放了。

大启发：这个故事对那些自欺欺人的人进行了无情的揭露和辛辣的嘲讽。他没有想到，真正被蒙蔽的是自己，一叶障目，怎么可以骗得过大众呢？先秦著作中有"一叶障目，不见泰山；两耳塞豆，不闻雷霆"的句子。这则典故就是这句警语的发挥。如果我们被眼前细小的事物所蒙蔽，就会看不到全局或者整体，这种认识上的主观片面性是我们在工作和学习中都要杜绝的。

乐于助人的小蜜蜂

在一个阳光明媚的早晨,小蜜蜂在花丛里飞来飞去,它正忙着采蜜呢!

突然,小蜜蜂看见地上有一只小蚂蚁背着粮食吃力地往前走,它冲着小蚂蚁喊:"小蚂蚁!你背着粮食上哪去呀?"

"我得把它背回家去。"小蚂蚁气喘吁吁地回答。

"需要我帮忙吗?"小蜜蜂又问。

"你能帮我真是太好啦!谢谢你!"小蚂蚁感激地说。

于是小蜜蜂帮助小蚂蚁把粮食运回了家。

这时,已经到中午了,小蜜蜂继续在花丛中采蜜。

一会儿,小蜜蜂看见一只小蜻蜓倒在地上,不断地呻吟着,它奇怪地问:"小蜻蜓!你怎么了?"

"我飞不起来了,我的翅膀被玫瑰花刺划伤了!"小蜻蜓痛苦地回答。

"需要我帮忙吗?"小蜜蜂又问。

"你能帮我简直是救了我的命!谢谢你!"小蜻蜓感激地说。

于是小蜜蜂帮助小蜻蜓重新飞了起来。

这时,太阳下山了,小蜜蜂也回到了家。小蜜蜂虽然一整天都没有采多少蜜,但是它做了两件好事,受到蜜蜂妈妈的表扬,因为它是一个乐于助人的好孩子。

大启发：小蜜蜂虽然一整天都没有采多少蜜，但却受到蜜蜂妈妈的表扬。你看小蜜蜂的心肠多好啊，不仅帮小蚂蚁把粮食背回家去，而且帮助小蜻蜓重新飞起来，救了小蜻蜓一命，它这种乐于助人的精神不仅值得蜜蜂妈妈表扬，还值得我们学习！乐于助人，一直是人们公认的美德，是中华民族的优良传统！乐于助人的人，不仅能给别人带来方便，还能给自己带来快乐！在我们的生活中，多给予别人一些帮助，人们的脸上就会多一些欢笑，人与人之间的相处就会更加和睦，世界就会变得更加美好。

东施效颦

春秋时代，越国有一位美女名叫西施。她的美貌简直到了倾国倾城的程度。无论是她的举手、投足，还是她的音容笑貌，样样都惹人喜爱。西施略用淡妆，衣着朴素，走到哪里，哪里就有很多人向她行"注目礼"，没有人不惊叹她的美貌。

西施有心口疼的毛病。有一天，她的病又犯了，只见她手捂脸口，双眉皱起，流露出一种娇媚柔弱的女性美。当她从乡间走过的时候，乡里人无不睁大眼睛注视。

乡下有一个叫东施的丑女子，不仅相貌难看，而且没有修养。她平时动作粗俗，说话大声大气，却一天到晚作着美女的梦。今天穿这样的衣服，明天梳那样的发式，却仍然没有一个人说她漂亮。

这一天，她看到西施捂着脸口、皱着双眉的样子竟博得这么多人的青睐，因此回去以后，她也学着这西施的样子，手捂着脸口、紧皱眉头，在村里走来走去。哪知这丑女的矫揉造作使她原本丑陋的样子更难看了。其结果，乡间的富人见了丑女的怪模样，马上把门紧紧关上；乡间的穷人看见这丑女走过来，马上拉着妻子、带着孩子远远地躲开。人们见了这个怪模怪样模仿西施的心口疼在村里走来走去的丑女人简直像见了瘟神一般。

大启发：这个丑女人只知道西施皱眉的样子很美，却不知道她为什么很美，而去简单模仿她的样子，结果反被人讥笑。看来，盲目模仿别人的做法是很愚蠢的。不具备别人的条件而盲目效仿别人只会闹出笑话。熊猫的样子很可爱，但如果人非要去模仿熊猫会是什么样子呢？每个人都有自己的特点，没有必要刻意去模仿别人，尤其是你不具备别人那种条件的时候。

邯郸学步

相传在两千年前，燕国寿陵地方有一位少年，不知道姓啥叫啥，就叫他寿陵少年吧！

这位寿陵少年不愁吃不愁穿，论长相也算得上中等人才，可他就是缺乏自信心，经常无缘无故地感到事事不如人，低人一等。衣服是人家的好，饭菜是人家的香，站相坐相也是人家的高雅。他见什么学什么，学一样丢一样，虽然花样翻新，却始终不能做好一件事，不知道自己该是什么模样。

家里的人劝他改一改一改这毛病，他以为是家里人管得太多。亲戚、邻居说他是狗熊掰棒子，他也根本听不进去。日久天长，他竟怀疑自己走路的样子，越来越觉得自己走路的姿势太笨、太丑了。

有一天，他在路上碰到几个人在说说笑笑，只听得有人说邯郸人走路姿势那才叫美。他一听，患上了心病，急忙走上前去，想打听个明白。没想到，那几个人看见他，一阵大笑之后扬长而去。

邯郸人走路的姿势究竟怎样美呢？他怎么也想象不出来，这成了他的心病。终于有一天，他瞒着家人，跑到遥远的邯郸学走路去了。

一到邯郸，他感到处处新鲜，简直令人眼花缭乱。看到小孩走路，他觉得活泼、优美，学；看见老人走路，他觉得稳重，也学；看到妇女走路,摇摆多姿,也学。就这样,不过半个月的时间,他连走路也不会了,路费也花光了,只好爬着回去了。

大启发:人各有所长,正所谓"寸有所长,尺有所短。"世上没有十全十美的人。一听到别人说什么好就去学,认为自己什么都不如别人,结果反而把自己本身具有一些长处都失去了。就像故事中的寿陵少年那样。其实,一个人,最重要的是有主见。不要盲目崇拜别人。固然,学习别人的长处,是为了弥补自己的短处,但是为学习他人而把自己的长处丢掉,更会贻笑大方。

夜郎自大

汉朝的时候,我国西南地区约有十几个小国。其中一个叫滇国,一个叫夜郎。

有一次,汉朝朝廷派唐蒙作为使臣,出使西南。唐蒙先到了滇国,滇国的国王问他:"你从哪里来呀?"唐蒙答道:"我从汉朝的首都长安来。"国王又问:"汉朝是一个国家吗?它有多大的地盘?与我们的国家相比,谁大一些呀?"唐蒙听了他的话,心中很纳闷:这样一个跟州郡差不多大小的国家,怎么能跟汉朝相比呢?

接着,唐蒙又来到了夜郎国。夜郎人口稀少,土地贫瘠,出产的东西也极少。至于面积,就更小得可怜,跟汉朝一个普通的县相似。唐蒙在没有去见国王之前,先来到茶馆里,向人打听国王是怎样的一个人,没想到还真听到了这位国王鲜为人知的身世。

夜郎国的国王出生后就被装进一个大竹筒里,抛到了河里。这时碰巧有位姑娘在河边洗衣,见水上漂来一个大竹筒,里面隐隐传出婴儿的哭声,就赶紧捞起来,带回家去。竹筒里的男孩长大后,生得强壮能干、气概不凡,后来居然自立为王,建立了这么一个夜郎国。

唐蒙听了这段故事,心中暗暗称奇。他来到王宫,要求拜见国王。得到允许后,他便走进去,躬身行礼,道:"大汉使臣唐蒙拜见国王陛下。"国王傲慢地扫了唐蒙一眼，哼了一声，慢条斯理地说："大汉？你的国家有多大，居然能称'大汉'？"唐蒙说："陛下，我们大汉朝是中原之主、泱泱大国呀！"国王哈哈大笑起来："泱泱大国！你那个泱泱大国还能比我们夜郎国更大吗？"旁边的夜郎国大臣们也跟着哄笑起来，把唐蒙都笑懵了。

滇国的国王就够不自量力了，谁料小小夜郎国的国王竟有过之而无不及，唐蒙真是又好气又好笑。面对这些从未跨出过山区、走出过国门的君臣，他还能讲些什么呢？也许，只有四个字可以概括：夜郎自大。

大启发：有一个成语叫"坐井观天"，说的是一个坐在井里的青蛙，由于只能看到井口上那么大的天，就以为天只有井口那么大。这个寓言里的夜郎国的国王就像那只青蛙一样，由于自己的视野不开阔，只看到了自己的一亩三分地，就认为自己的国家是天底下最大的国家了。我们在生活中，也常常有这样的人，仅仅有一点浅薄的知识，就觉得自己很有学问了，很了不起了。其实不过才是"小儿科"。所以任何时候，都要低调做人，千万不要有了一些优势或在某些方面取得了一点成绩，就自以为老子天下第一了。那样的人不但可笑，还很可悲，因为自大会导致故步自封，故步自封的人还会有前途吗？

螳臂挡车

有一次，齐庄公带着几十名随从进山打猎。一路上，齐庄公兴致勃勃，与随从们谈笑风生，驾车驭马，好不轻松愉快。忽然，前面不远的车道上，有一个绿色的小东西，近前一看，原来是一只绿色的小昆虫。那小昆虫正奋力高举起它的两只前臂，怒气冲冲地挺直了身子直逼马车轮子，一副要与车轮搏斗的架势。

小小一只虫子，竟然敢与庞大的车轮较量，那情景十分感人。这有趣的场面引起了齐庄公的注意，他问左右随从："这是什么虫子？"

左右随从回答说："大王，这是一只螳螂。"

齐庄公又问："这小虫子为何这般模样？"

左右回答随从说："大王，它要和我们的车子搏斗，它不想让我们过去呢。"

"噫！真有趣。为什么会这样呢？"齐庄公饶有兴趣地问左右随从。

左右回答说："大王，螳螂这小虫子，只知前进，不知后退，体小心大，自不量力，又轻敌。"

听了左右随从这番话，齐庄公反而被这小小螳螂打动，他感慨地说道："小小虫儿，志气不小，它要是人的话，一定会成为最受天下尊敬的勇士啊！"说完，他吩咐车夫勒马回车，绕道而行，不要伤害螳螂。

后来，齐国的将士们听说了这件事，都非常感动。从此，他们打起仗来更加奋不顾身，都愿以死来效忠齐庄公。

大启发：人们常说螳臂挡车，自不量力。生活中我们都知道自己的力量的大小，如果有人不自量力，常会做出超出自己能力所及的事来。如螳螂之勇，只能说是愚勇而已，所造成的损失往往是牺牲了性命都还不知道。然而我们从另一面来看，螳臂挡车之勇，实在可赞可叹，这种置生死于不顾、敢于抗争的勇气，也应对我们有所启发。

蜘蛛落网记

昆虫王国将要召开一次重要的军事会议。为了防止外人混入,国王派卫兵金龟子在门口检查所有来参加会议的昆虫。金龟子认真地查看着与会者的身份证。参加会议的代表如瓢虫呀、蚂蚁呀、蝴蝶呀等等都顺利通过检查进入会场。

忽然,门口来了一位戴帽子、身穿长袍的客人。金龟子拦住他,要看他的身份证。可来客神气地甩出一张名片。金龟子接过一看,只见上面写着"蜘蛛"的大名,这两个字的虫字旁还特意用了显眼的红色。上面还印着"昆虫艺术家协会会长"的头衔呢!

"先生,您的身份证呢?"金龟子问道。

"这张名片不比身份证更有说服力吗?"来客骂道,"真是没见过世面的乡巴佬!"

金龟子想:人家是艺术家协会的会长,咱可得罪不起。再说,它的名字均是虫旁,应是昆虫无疑!于是金龟子礼貌地说道:"请进吧!"

可当蜘蛛刚准备进门时,身后传来一声威严的断喝:"慢!"

蜘蛛转身一看,原来是马蜂警长带着一群昆虫警察来了。它们一拥而上,将蜘蛛来了个五花大绑。

"警长,"金龟子问道,"难道它不是昆虫?"

警长点点头："尽管它的名字有虫旁，但它不是昆虫。因为昆虫的特点是身体分为头、胸、腹三部分，还要有三对足，一对分节的触角，绝大多数还有两对翅。"

"可你看看它，"马蜂警长一把扯掉来客的帽子和长袍，"它的头上光秃秃的，没有触角，它的身体只有头、胸两部分，而不是三部分；它的脚也不是三对，而是四对；身上根本就没有翅膀！"

"可它怎么会有名片呢？"

"名片是假的，"警长说，"昆虫艺术家协会还没成立，怎么会有会长呢？"

"它不但是个骗子，而且是我们昆虫的死敌。它经常用蜘蛛网来捕杀我们的昆虫同胞！"马蜂警长说，"不过它恐怕做梦也没料到，它这个结网高手竟然落进了我们的法网！"

蜘蛛见一切均已败露，不禁垂头丧气。但它还是有些纳闷："这次我伪装得够巧妙了，可为什么还是被发现了呢？"

马蜂警长回答道："因为真的就永远假不了，假的永远真不了！"

大启发：看完这则寓言，我很惊讶，如果不是马蜂警长的话，我也以为蜘蛛是昆虫呢！原来区别是不是昆虫还要看那么多的部位。生活中有许多这样的例子，不要靠我们的以为来下决定，而要根据事实，要不然我们就会像金龟子一样，差点把敌人放进了自己的家园。所以多学习一些知识，有助于我们辨别事物的真伪，不至于被假象所迷惑。

螳螂捕蝉，黄雀在后

吴王一向很专横，要想说服他是件很难的事情。

有一次，吴王准备进攻楚国。他召集群臣，宣布要攻打楚国。大臣们一听这个消息，低声议论起来，因为大家都知道吴国目前的实力还不够雄厚，应该养精蓄锐，先国富民强，才是当务之急。

吴王听到大臣们在底下窃窃私语，似有异议，便厉声制止道："各位不要议论了，我决心已定，谁也别想动摇我的决心，倘若有谁执意要阻止我，决不轻饶！"

众大臣面面相觑，谁也不敢乱说一句，于是，匆匆退朝。

大臣中有一位正直的年轻人，他下朝后心中仍无法安宁，思前想后，他觉得不能因为自己而不顾国家的安危。这位大臣在自家的花园内踱来踱去，目光无意中落到树上的一只蝉的身上，他立刻有了主意。

第二天一大早，这位大臣便来到王宫的后花园内，他知道每天早朝前吴王都要到这里散步，所以，他有意在这里等候。

过了大约两个时辰，吴王果然在宫女的陪同下，来到后花园。那位大臣装着没有看见吴王，眼睛紧盯着一棵树。他的衣服已经被露水打湿了，他仍仿佛没有察觉一般，眼睛死死盯着树枝在看什么，手里还擒着一只弹弓，吴王看见后很纳闷，便走上前去，拍

拍他的肩,问道:

"喂,你一大早在这里做什么？何以如此入神,连衣服湿了都不知道？"

那位大臣故意装作仿佛刚刚看到吴王,急忙施礼赔罪道:

"刚才只顾看那树上的蝉和螳螂,竟不知大王的到来,请大王恕罪。"

吴王挥挥手,却好奇地问:

"你究竟在看什么？"

那位大臣说道:

"我刚才看到一只蝉在喝露水,毫无觉察一只螳螂正弓首弯腰准备捕食它,而螳螂也想不到一只黄雀正在把嘴瞄准了自己,黄雀更想不到我手中的弹弓会要它的命……"

吴王笑了说:

"我明白了,不要再说了。"

终于,吴王打消了攻打楚国的念头。

大启发:这则故事主要是讲做人不能目光短浅,不能只一心图谋侵害别人,因为在这种谋划之中,往往会忽略对其他一方是否正在算计自己的思考,这是很悲哀的呀！所以我们做任何事情,都要加以周密的思考,不能轻举妄动,在看到自己眼前利益的时候,也要考虑到背后潜伏的危机,要想想结果如何,要深谋远虑。鼠目寸光,利令智昏,只能招致不必要的损失。

五十步笑百步

　　梁惠王好驱使百姓与邻国打仗,以致百姓不能很好地从事生产活动,为此梁惠王召见孟子,问道:"我在位上对于国家的治理,可以说是尽心尽意的了。河内(今河南省黄河北岸)常年发生灾荒,收成不好,我就把那里的一部分老百姓迁移到收成较好的河东去,并把收成较好的河东地区的一部分粮食运到河内来,让河内发生灾荒地区的老百姓不至于饿死。有时河东遇上灾年,粮食歉收,我也是这样,把其他地方的粮食调运到河东来,解决老百姓无米之炊的困难。我也看到邻国当政者的做法,没有哪一个像我这样尽心尽意替自己的老百姓着想的。然而,为何邻国的百姓没有减少,而我的百姓也没有增多,这是什么原因呢?"

　　孟子回答说:"大王喜欢打仗,我就用打仗来打个比方吧。战场上,两军对垒,战斗一打响,战鼓擂得咚咚地响,作战双方短兵相接,各自向对方奋勇刺杀。经过一场激烈拼杀后,胜方向前穷追猛杀,败方就有人丢盔弃甲,拖着兵器逃跑。那逃跑的士兵中有的跑得快,跑了一百步停下来了;有的跑得慢,跑了五十步停下来了。这时,跑得慢的士兵却为自己只跑了五十步就嘲笑那些跑了一百步的士兵是胆小鬼,您认为这种嘲笑是对的吗?"

　　梁惠王说:"不对,他们只不过没有跑到一百步罢了,但是这也是临阵脱逃啊！"

　　孟子说："大王如果明白了这其中的道理,那么就不要再希望您的国家的老百姓比邻国多了。"

　　大启发:五十步笑百步,的确没有道理。因为从逃跑的性质来看,他们是一样的。梁惠王不知道他虽然看似对老百姓很好,但他的目的只不过是为了多让老百姓为他打仗而已,这同其他国家君主不管百姓死活,横征暴敛的本质是一样的,所以孟子用五十步笑百步的事例来解答其疑问。当然,如果我们认识倘要细腻些、严密些的话,五十步与一百步无论如何也是有区别的。他们的共性是逃跑,个性却有别——至少时间、距离都不同。看到他们的相同是一种聪明,看到他们的不同也是一种聪明。我们认识其他相关的事物,大概也应该这样才好,否则就容易产生片面性。

郑人买履

古时候，郑国有个做买卖的人，因为每天跑来跑去。把脚上穿的鞋磨坏了。平时，他穿破了鞋，都由妻子为他做新的。可是这几天妻子生病躺在床上，没法为他做新鞋了，他想了想，决定到市场上去买一双鞋来穿。

他的家离县城很远，这天他起了个早，为了能买到合适的鞋，他先用尺子把自己脚的尺寸大小仔仔细细地量了一遍又一遍，记下了号码，然后找来一根稻草，照着脚的尺寸号码截下一段，以便按稻草的长度买鞋。

他翻山越岭地走了许多路，直到中午时分才到了县城。他沿着大街寻找，终于找到了一家卖鞋的商店。老板热情地招呼他，只见柜台上放着各种式样和尺码的鞋，他赶忙从衣兜里掏那一截稻草，可是掏了半天也掏不出来。仔细一想：糟糕！刚才急于要赶路，竟把那截稻草忘记在家里了！他回头对老板说："对不起，我忘记把鞋的尺寸带来了，不晓得多大多小，我现在就回家拿尺码去！"说完，拔腿就跑。

他气喘吁吁地回到家里，找到了那截稻草，又重新翻山越岭赶到县城。这么一来一去，整整花了一个白天，等他傍晚找到了那家鞋店一看，店铺早就关门了，他累得一屁股坐在店门前，想想自己白忙一阵。还是没有买到鞋，委屈得哭了起来。

这时，一个过路人走来，问他为什么哭。他就把买鞋的经过说了出来。过路人听了觉得奇怪，就问他："你是给自己买鞋，还是替别人代买？"他说："给自己买呀！"过路人立刻哈哈大笑，指着他的脚说："脚就在你身上长着，何必带什么尺码呢！"他听了之后不以为然，指着那截稻草说："我宁愿相信尺码，也不愿相信自己的脚。"

大启发：有的人说话、办事、想问题，只从本本出发，不从实际出发；本本上写着有的，他就相信，本本上没有写但实际上存在着的，他就不相信。在这种人看来，只有本本上写的才是真理，没写上的就不是真理。这样，思想当然就要僵化，行动就要碰壁，所以，在我们日常处事时，绝不能做那种本本主义或经验主义之人，凡事还得具体问题具体分析，做到一切从实际出发，只有这样，才能把事情解决好。

母鸭教子

小鸭子出世了。

鸭妈妈说："我这一辈子无所作为,我的下一代再也不能庸庸碌碌了,我一定要把他培养成蓝天勇士,像大雁一样在长空翱翔。"

"目标,蓝天。一、二……飞!"

每天,鸭妈妈都这样逼着小鸭操练,但是小鸭使出全身的力气,还是飞不高,浑身反被跌得伤痕累累。

"妈妈,我实在飞不动了!"小鸭啼哭着哀求。

"唉!"鸭妈妈伤心地说:"这孩子太不争气了,太不刻苦了,太没有上进心,真叫人失望!"

雁博士把这一切都看在眼里,他诚恳地对母鸭说:"成功的先决条件是选准目标,目标错了,再努力也是没有用的。"

大启发:鸭妈妈疼爱小鸭,希望小鸭成为勇士,能在长空翱翔,能带着她的希望和梦想出人头地,她错了吗?小鸭尽力练习飞行,可是跌得伤痕累累,累得筋疲力尽,摔得信心全无,他努力过了,可仍飞不起来,那,是他错了吗?父母疼爱孩子,总想让他们有一技之长,好在竞争激烈的社会中更胜一筹。他们希望自己的孩子能延伸自己年轻时未实现的梦想。可怜天下父母心啊!可是，父母培养孩子不能不顾孩子自身的实际，要善于发现孩子的专长和爱好，因势利导，才能取得理想的效果，否则，将会适得其反。

树上的西瓜

春天，发芽的西瓜种开始蔓藤了。一根西瓜藤开始向田边的树上攀去，西瓜家族顿时慌了："小伙子，赶紧刹住头，你方向错了。"

"是吗?!"西瓜藤继续爬着。

"小伙子，告诉你，我们祖祖辈辈都是在泥土上爬藤、生根、开花、结果的，爬树结西瓜没有先例。"

"我知道，没有想象就没有创新。"西瓜藤一步一步爬上树，一段时间后，在树上发枝、打苞、开花，生出一个个小西瓜来了。田里的西瓜藤见此，担心起来："没有泥土托着，小西瓜长大了，怎有能力挂着。"

西瓜藤听后，默默地努力着，它一天比一天成熟，藤子粗了，壮了，小西瓜变圆，变绿，变大了。没有掉下来的西瓜，在炎热的夏天成熟了。

这天，农夫来到田中一看，笑了起来："树上能结西瓜?"他觉得奇怪，打开树上的西瓜一看，一点白瓤都没有，一尝，好甜。还未成熟的西瓜家族见此，纷纷不好意思起来。

大启发：西瓜藤打破传统习惯，不在地上伸展，偏向树上攀去并在树上结西瓜，这种做法很好，具有创新精神!我们应该借鉴西瓜的这种精神，凡事要有自己的想法，独辟蹊径，敢于打破常规!尤其是在学习上，我们更应该像西瓜藤那样，有自己独特的见解，按自己的方法去努力学习，就像现在的诺贝尔奖得主们一样，不拘泥于常规，坚持自己的方向，最终获得成功的果实!

想出国的苍蝇

一个小小的村庄里，住着两只苍蝇和它们的邻居蜜蜂。蜜蜂每天忙着酿蜜，而苍蝇每天却嗡嗡地到处乱蹿。

有一天，苍蝇找到蜜蜂，对它说："我们兄弟俩有一个想法，就是要离开家乡，到外国去，蜜蜂邻居，你能和我们一起去吗？"蜜蜂听了没有马上回答，于是苍蝇又继续说："鹦鹉去过外国，它对我们讲了苍蝇家族在外国受到的冷落，这使我们的自尊心受到了伤害，蜜蜂邻居，你相信鹦鹉的话吗？"

蜜蜂问："鹦鹉怎么说的？"

苍蝇说："鹦鹉说，外国人也像这里一样，到处驱赶我们苍蝇，不让我们家族吃他们的美味，"苍蝇停了一下又接着说，"其实，这我倒不觉得有什么过分。可是人类真有些奇怪，听说外国到处都是宴席，可什么东西都用盒子盖得严严实实的，不让我们苍蝇碰一下。所以，鹦鹉说，在外国，苍蝇总是不停地飞，很难找到一个休息的地方，就是有地方休息，蜘蛛也不时来捣乱，搅得我们一刻不得安宁。"

另一只苍蝇接着说："可是我们要是不去呢，在这里每天也是一样受到围追堵截啊，外国也许会有更好的机会呢。蜜蜂邻居，你看我们去外国岂不是更有利一些，你跟我们一起去好吗？"

蜜蜂挺起身，回答说："那么，我就祝福你们旅途愉快吧。我觉得在这里生活十分愉快，我凭着自己的辛勤劳动赢得了人们对我的尊重，大家都爱护我，无论我到哪里都能得到大家的喜爱，这就是我舍不得离开的理由。但是我想即使我到了外国，我认认真真地酿蜜，人们也一样会喜欢我的。而你们则不同了，你们无论到哪里，都没有什么用处，只会给人们带来烦恼和厌恶，无论在国内还是在国外，还不都是一样？"但是蜜蜂停了停又说："你们到了外国，蜘蛛会欢迎你们的。"

两只苍蝇听了，呆呆地愣在那里，你看我，我看你，谁也说不出话来。

大启发：苍蝇在国内过得不快乐，就想到外国去。其实，过得快乐不快乐，并不决定于在什么地方，而决定于自己做什么。生活中好多人都在这么想，自己的生活条件太不好了，一定要换个环境，其实环境固然是成就事业的一个因素，然而却永远也不是成功的决定因素。

富人和鞣皮匠

在某城镇的一条街上，住着两户人家。一家是富人，一家是鞣皮匠。

富人家的屋子可真不错，高高的屋檐，雕花的门窗，宽宽的走廊用圆圆的柱子支撑着，夏天坐在走廊上，让微风吹着，特别清爽。

鞣皮匠家的房子可差远了，低低矮矮的不说，那小窗小得只能进一只猫，那门低得人要低着头、弯着腰才能进去。

富人有那样的好房子，但他半分钟也不敢在走廊上坐，因为，他实在无法忍受鞣皮匠家里飘过来的难闻的皮革味。

鞣皮匠整天都要干活，于是，一张又一张的驴皮、马皮、猪皮、狗皮……都要运到他家。他操起刀，一张一张地刮，然后用配好的料一张一张地鞣。

一股臭气像小河一样从鞣皮匠家的屋子里流出。那味儿可真难闻啊，无论谁走过那里都要紧紧地捂住鼻子。如果捂得不严，就会被熏得呕吐。

富人在这种臭气中过日子，真是难受死了。于是，他多次来到鞣皮匠的家里，对他说：

"喂，你无论如何也不能再这样干下去了，如果你不尽快搬家，我总有一天要死在这里。我这里有一个金币，你拿上它快点搬家吧！"

鞣皮匠知道,无论到哪里人们都不会欢迎他,于是,他对富人说:"老爷,我不要你的金币,不过请你放心,我已经找好了房子,要不了几天我就会搬走,请你放心好了。"一天过去了,两天过去了。每当富人来催,鞣皮匠都是这几句话。

随着时光的流逝,鞣皮匠家的这股臭味仿佛变了,因为富人来催他搬家的次数越来越少了。

到最后,富人每天坐在走廊上,又是喝酒,又是吃肉,再也不让鞣皮匠为难了。富人的变化使鞣皮匠十分纳闷。有一天,鞣皮匠见到了富人,问他道:

"老爷,现在我们这条街有什么变化吗?"

富人说:"没有啊,我觉得在这里住十分舒服。"

原来富人对这臭味已经习以为常了。

大启发:这个故事是说,习惯可以消除对事物的恶感。所谓近朱者赤,近墨者黑,长期生活在臭熏熏的环境中,渐渐地感觉不到臭了,习惯成自然说的就是这个道理。

狗和主人

一户人家养了一头驴子和一只从姆列特岛买来的观赏狗。

姆列特小狗十分讨人喜欢,整天围着主人蹦蹦跳跳,还会耍很多有趣的小把戏,逗得主人开怀大笑。主人非常宠爱它,买许多好东西给它吃。

驴子的处境和待遇可大不一样了:它每天拉磨、担柴、驮重物,干的都是最累的活,吃的不过是些干草、燕麦之类的粗饲料。即使在劳动之余,它也被绳索牢牢地拴在槽边,不可能像姆列特小狗那样随时跟在主人身边,随心所欲进出他的客厅或卧室。

对此,驴子总感到愤愤不平。有一天,驴子想:"为什么我就该忍受这样的生活呢?难道姆列特小狗所做的一切,我就不会吗?如果我也那样做了,可能主人就不至于这样偏心了吧。"

这天,主人家来了一位贵客,客人很喜欢这只姆列特小狗,主人就让他把小狗抱走了。当主人送客人来到院子的时候,还叮嘱道:"说好了,我这只是借你玩几天呵,玩够了,还要还给我的!"明确表达了对小狗的喜爱之情。

驴子看到了这一切,心中更是嫉妒。

姆列特小狗被抱走后,主人家立刻变得冷清下来。驴子看到主人沉闷、无聊的样子,觉得表现自己的机会到了,于是,它挣脱缰绳，悄悄地走进了主人的居室。

主人正在客厅里喝茶，驴子走上前去，学着姆列特小狗的样子，用刚刚吃完草料的脏嘴去拱主人的身体，还把两个前蹄搭在茶几上，用舌头去舔主人的脸和手。主人腾地站了起来，十分厌恶地大声呵斥驴子：

"混账东西！滚开！谁让你进屋子来了？"

驴子以为自己做的还不够劲儿，便又是蹦又是跳，把客厅弄得一塌糊涂。

主人愤怒地抓住驴子的笼头，牵到院子中央，绰起皮鞭狠狠抽打起来，把它打得遍体鳞伤。

驴子觉得十分委屈，彻夜不眠思索这究竟是为什么。

大启发：这个故事告诉我们：不是所有的人都适于做同样的一些事。其实，"天生我才必有用"，何必为了赢得几句赞美话而去模仿别人呢？

沙漠

初夏的雨水非常充足,几天就降一次雨,雨水降到农田里,种子发了芽,把农田染成一片新绿,雨水降到果园里,果树吐出嫩绿的叶子,开出缤纷的花朵;雨水降到坡地上,长出了如茵的青草,放牧着成群的牛羊;雨水降到池塘湖泊里,繁殖着鱼鳖虾蟹,青蛙也不分昼夜地歌唱,歌唱这繁荣富饶的大地。

雨水同样也降到沙漠上,沙漠却只会吸收,吸收完毕,自己仍然是一片沙漠,什么反应也没有,管雨水的雨神看了有点困惑不解,就问沙漠:"给你降了那么多雨水,你都弄到哪里去啦?"

"都吸收了。"沙漠悠然自得地说。

"那你吸收雨水要干什么呢?"雨神又问。

"什么干什么?"沙漠认为雨神问得奇怪,"我是最虚心接受雨水的,你降多少,我就吸收多少。难道有什么不对吗?"

雨神说:"你吸收的雨水不算少,可你贡献出什么来呢?"

沙漠听了只是眨巴眼,连一个字也回答不上来。它是第一次思考这个问题:是啊,我吸收了这么多雨水,到底是为了什么呢?

大启发:"我吸收了这么多雨水,到底是为了什么呢?"假如你是土地,也许会染成一片新绿,也许会变成绿洲,可沙漠吸取了雨水还是沙漠，不但没贡献出什么，反而危害人类生存。我们小朋友可不能像沙漠一样！我们学了那么多知识，吸收了人类智慧的精华，就要把它更好地贡献出来，为社会服务。要做贡献就从现在开始，从身边的小事开始，例如保护环境、助人为乐、互相帮助……把自己学到的知识都用到生活中，为人类做出自己的一分贡献。

狼和老鼠

　　森林里住着一只非常凶恶的狼，谁都知道它每天偷鸡摸狗，无恶不作，谁见了它都躲得远远的，因此，这只狼在森林中简直是臭名昭著。而这只狼却不在乎自己的名声，依然每天我行我素，每天只要吃好喝好，就认为是神仙般的日子，根本不管别人说什么。

　　老狼吃东西有一个习惯，无论吃什么，都要背着大家。它过去总是抢吃别人的东西，所以当他吃东西的时候也怕被别人抢。一天，老狼咬死了一只羊，它把羊拖到了一个山洞中，开始狼吞虎咽，不一会儿就吃饱了。老狼打着嗝，舒服地躺在了一边，不一会儿，就迷迷糊糊地睡着了。

　　山洞里住着一只老鼠，早就看到狼在这里享受着美味。这时它见老狼睡着了，就悄悄地爬了出来，开始吃老狼吃剩下的肉。老狼睡着睡着，听到一阵细小的声音，睁开眼睛一看，原来一只小老鼠正抱着一块手指大的羊骨头往家里走呢。看到老鼠进了鼠洞，老狼无可奈何地叹了口气。

　　不久，老鼠又出来了，这时老狼就像是看到了强盗一般，大声喊叫："警察快来啊，快逮住这个盗贼啊，它抢了我的食物，它们弄得我就要饿死了！可恶的强盗、土匪！"

　　老狼就这样在山洞里喊着，但是没有谁去理会它，谁都知道老狼是什么东西,再说谁都明白,老鼠即使偷了狼的食物,也不至于让狼饿死。而狼此刻仍然在森林里大吵大嚷,直至自己喊累了为止。

大启发:狼杀死了整只羊,而没有吃完的羊肉,被老鼠叼走一小块,它便呼天抢地地喊叫。如果说盗取一小块羊肉是强盗,那么盗取整只羊的狼又是什么呢?其实比老鼠更大的强盗便是狼自己。生活中也有像狼这样的人,他自己犯下滔天大罪也不觉得自己有罪,别人的一点点小错,在他看来都是不可饶恕的大罪。

三个孩子和一堆篝火

一天清早。

三个小孩子在森林里一棵大枞树底下,点起一堆旺旺的篝火。

一只长尾巴鸟儿看见了,去告诉森林里所有的鸟儿。

有一只鸟儿说:"让他们烧去吧,这是地面上的事,与我们有什么相干?"

"有什么相干?"那只长尾巴鸟说,"要是篝火烧着了落叶,落叶烧着了枞树,枞树再把整个树林烧着,这里还有我们鸟儿落脚的地方吗?"

鸟儿们觉得它说得很有道理,可是怎么去阻止孩子们这个危险的举动呢?

长尾巴鸟想出一个挺妙的办法。

在长尾巴鸟的指挥下,所有的鸟儿都飞落在那棵枞树上。长尾巴鸟喊一声口令,鸟儿们就在树上跳一跳。于是,从树枝上落下很多很多的露珠儿。露珠儿掉在小孩们的头顶上,颈项里,而且也熄灭了篝火。

孩子们很生气,它们换到另一棵树下去烧篝火。

鸟儿们也紧随而来,用老办法来对付这三个孩子和他们燃起的篝火。

三个孩子没办法，只好逃出这片森林。

就在第二天，从隔壁森林里逃来一群鸟儿，它们身上的羽毛都被火熏焦了，烧坏了。

那些鸟儿们说："有三个孩子，他们燃起了一堆篝火……"

大启发：这篇寓言通过对比说明了善于保护自己的重要性。当三个小孩子在树底下点起篝火的时候，长尾巴鸟儿想出了一个挺妙的办法，就是利用树枝上的露珠儿来熄灭篝火，使这三个孩子没办法，可见，善于保护自己是多么重要啊！所以，无论何时何地，我们都应该像长尾巴鸟儿那样，善于保护自己！遇到有人想破坏我们美好的生活时，一定要坚决地与他们作斗争，维护自己的权益，使自己的权益不受到侵害。

苍蝇和马车

　　苍蝇本来就没有什么本事,然而却一直想引起别人的注意。于是它每天装成不同凡响的样子,寻找恶作剧的机会。

　　7月里的一天中午,骄阳似火,天热得厉害,没有一丝风。一辆沉甸甸的四轮马车载着贵族和他的家眷,在沙土很深的小山上慢慢地走着。天太热了,走的路程也太远了,马又累又乏,尽管马夫不停地鞭打马,但马还是走不快。车夫也只好停车了。他跳到地上,拼命地催打着他平时训练有素的牲口,可是马车还是寸步难行。贵族、贵族太太、小姐、少爷和家庭教师都从车厢里下来了,马用了全部的力量终于把车子拖动了,但也不过是在上山的沙路上蠕蠕爬行而已。

　　看到这种情形,苍蝇立刻认识到这是自己该大显身手的机会了,它决定来帮忙。它嗡嗡地叫着,绕着马车乱忙一气。它从车里飞过来,在一匹马身上搅一下,又在另一匹马额上扎一下,接着又飞到了车夫的座位,再不然就放过了马儿,叫旅客们自己快点儿赶路。

　　苍蝇忙忙碌碌地飞来飞去,竭尽全力地叫喊着,而人们呢,依然我行我素,仆人们慢吞吞地跟在后面,懒洋洋地谈着这可恶的天气。家庭教师和小姐一块儿低声说笑,本应该领导着大家赶路的贵族也不见了，他跟他的侍女到树林里去采蘑菇了。苍蝇向大家诉苦："看啊，整个世界上只有我一个人在干着本应该由别人完成的工作。"

这时，马把车拉到了平坦一点的山路上，人们陆续地登上了车。在人们看来，这一切发生、发展得都顺乎自然，而那只苍蝇却大声地叫嚷："好了好了，总算是天神照顾我们，使我们得以顺利上路。行了，大家请坐吧，哎呀，总算是让我休息休息了，我简直都要累垮了……"

苍蝇喋喋不休地说着，然而没有一人理会它——事实上，它真的是没起到任何作用。

大启发：苍蝇什么事也没做，什么事也做不好，却直喊累，其实它的存在对于整件事情来说一点价值也没有。世上像苍蝇这样莫名其妙的人很多，他们爱管闲事，什么事情都爱插一手，但没有真正的本领，是任何事都帮不了忙的。

雾的悲哀

山上有郁郁苍苍的青松，山下有青青翠翠的修竹，山前有软软柔柔的嫩芽，山后有明明亮亮的水波。

如此靓丽的山川，引来了无数游客，有的用彩笔描绘她的美姿，有的用相机拍摄她的艳容。

"我让你去美吧！"雾心生妒忌，咬牙切齿地说，接着便抖开她白色的长裙，把山川遮得严严实实。

"快来画呀，拍呀！"游客高兴得喊叫起来，"山川时隐时现，如梦似仙，更增添了她的朦胧美，可别错过时机啊！"

这时只见摄影师高举相机，咔嚓咔嚓地按着快门；画家挥舞画笔，刷刷刷地泼洒各种色彩；作家嗖嗖地写着，记下心头的感受，他们都迫不及待地要留下这难得一见的美景。

"真没想到，"雾气得浑身颤抖，"我原想掩盖山川的美貌，结果反而更美化了她，装饰了她，让游客更喜欢她啦。"

大启发：这个故事告诉我们，对别人的长处要赞赏，切不可生妒忌之心。妒忌，既惹人厌又没有给自己好处，害己又害人，要不得。

读 书 笔 记

_____年_____月_____日